生きのこる

飛行隊のリアル

父　山本琢郎

大正11年12月18日生

母　有賀洋子

大正15年11月15日生

母の青春時代は戦中戦後の混乱の中にあった。
それでもおしゃれを楽しみ、仲の良い友人と語り合い、日舞や華道、茶道を習っていた。日舞は兵隊さん達の慰問会で披露し、喜ばれた。

左が母洋子

兵隊達は宿泊先で地元の人達の歓待を受けた。食糧不足の時代であっても、国のために戦う兵隊にはできる限りの料理でもてなし、酒宴も開かれた。しかしそれは、明日は死地に出向く若者にとっては、最後の宴でもあった。

下：慰問隊の一人として訪れた長野県上田市の温泉旅館の庭で、兵隊さん達と記念写真を撮る（本文26頁）。右から２人目が母。

父の青春時代は軍隊の中にあった。そこで出会った友人は、学生時代の友人とは違い、戦友という特別な絆で結ばれていた。特攻隊として志願してからは、立派に死ぬことだけが彼らの未来だった。

軍服姿の父山本琢郎21歳。

年長の戦友大石克人。出陣の時には奥さんが見送りに来ていた。その後何度か父の命を救ってくれた恩人の一人。
(写真提供：大石克彦氏)

左は父、右は仲の良かった戦友松海孝雄。この後、二人の運命は大きく変わってしまう。

飛行訓練をした山形県真室川飛行場近くの宿泊先・新庄ホテルで振武隊の仲間達と。ここでは婦人会の人達が手作りの料理や酒でもてなしてくれ、時には新聞記者も来て皆の写真を撮ってくれた（本文150頁）。最後列柱の右横が父。

同期の戦友達と。飛行訓練は生命がけの厳しいものだったが、宿舎に帰ると若者に戻りはしゃぎもした。
前列右から３人目が父。

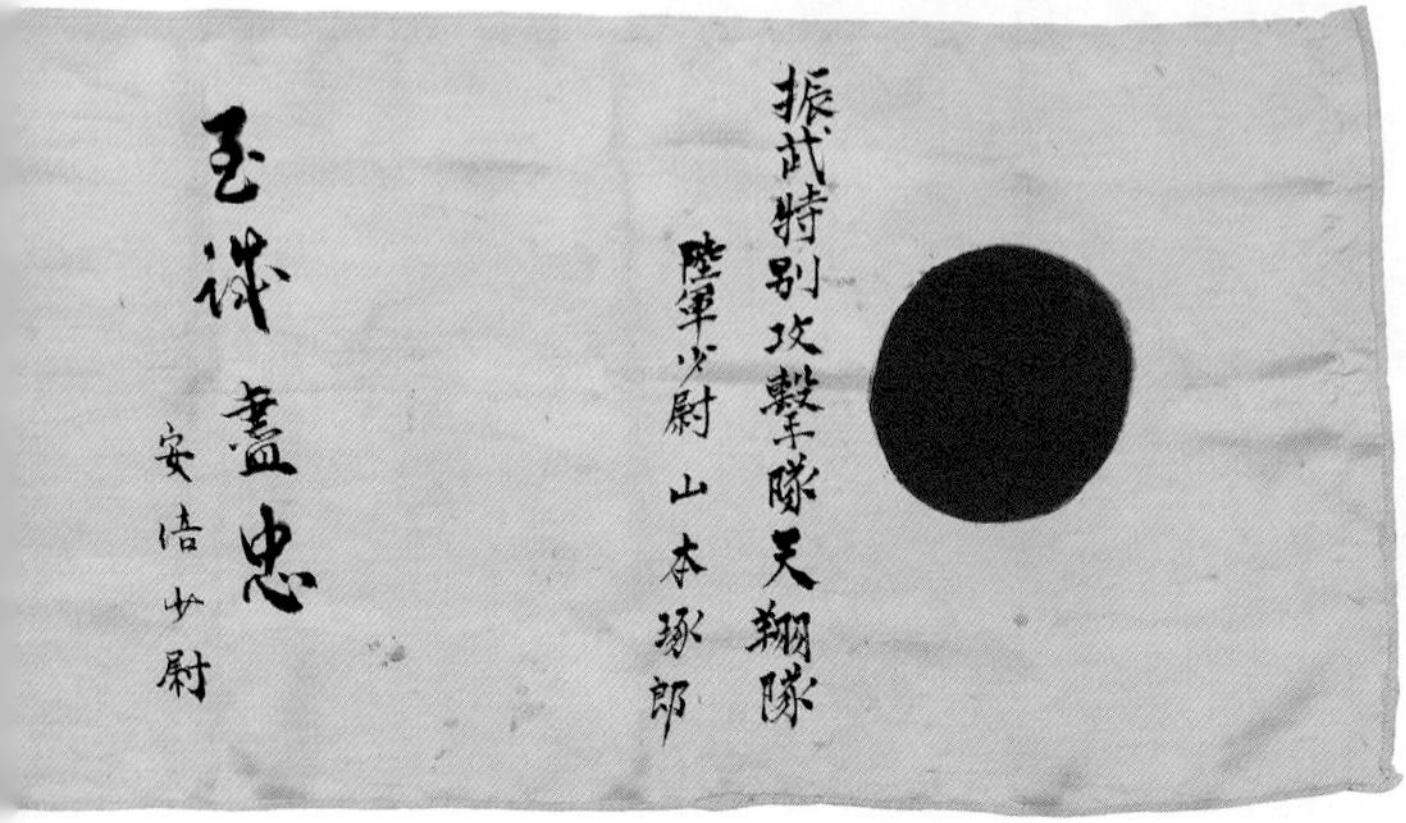

安倍義郎
松海孝雄
青木稔

山本琢郎
大石克人
後藤喜平

天翔隊の６人。辛い訓練の日々を助け合いながら一緒に乗り越えた。
（写真提供：大石克彦氏）

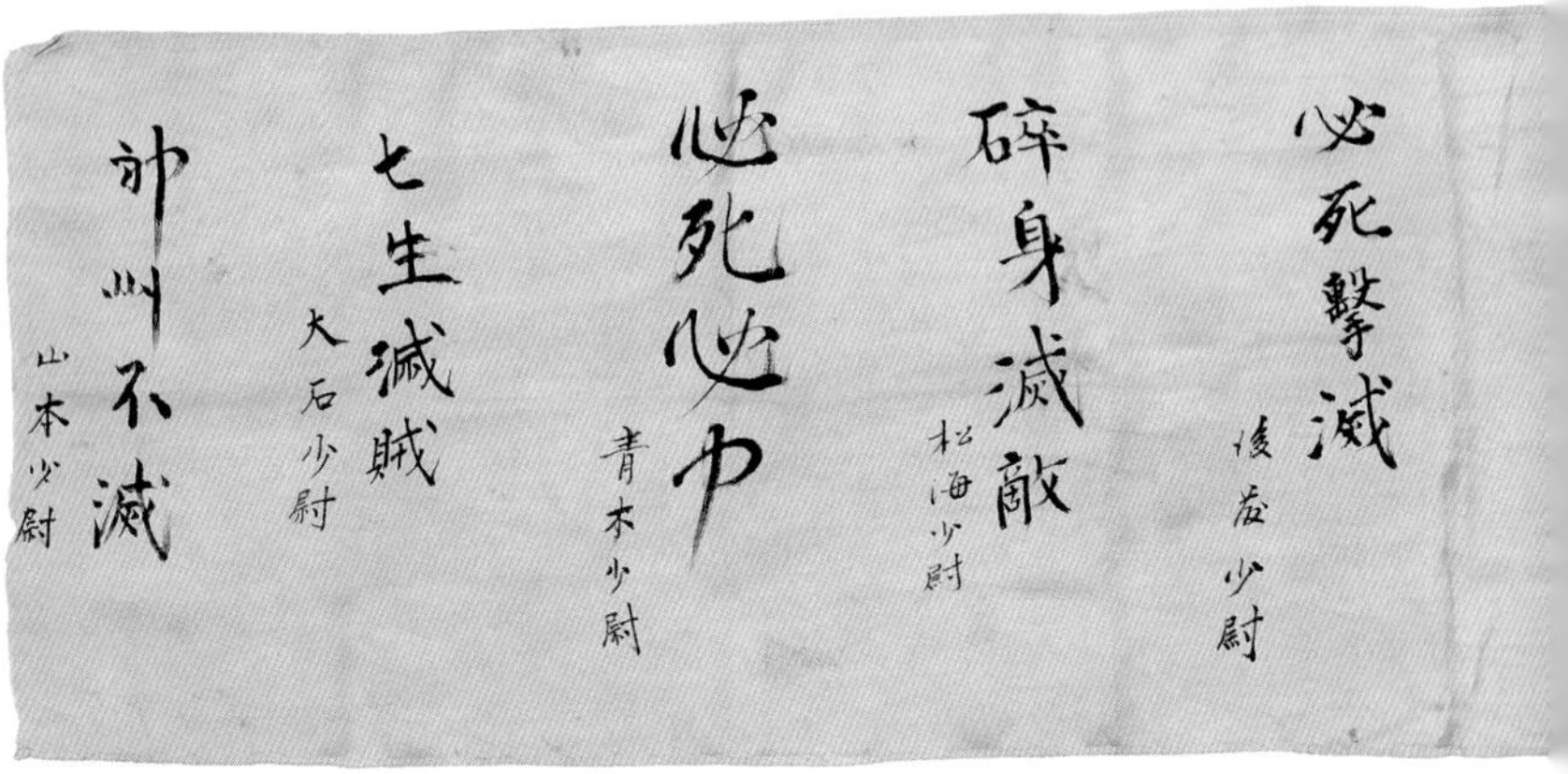

戦友達と寄せ書きをしたシルクのマフラー。父の母親が、
お茶道具の棗の中に大切に保管していた（撮影：植一浩）。

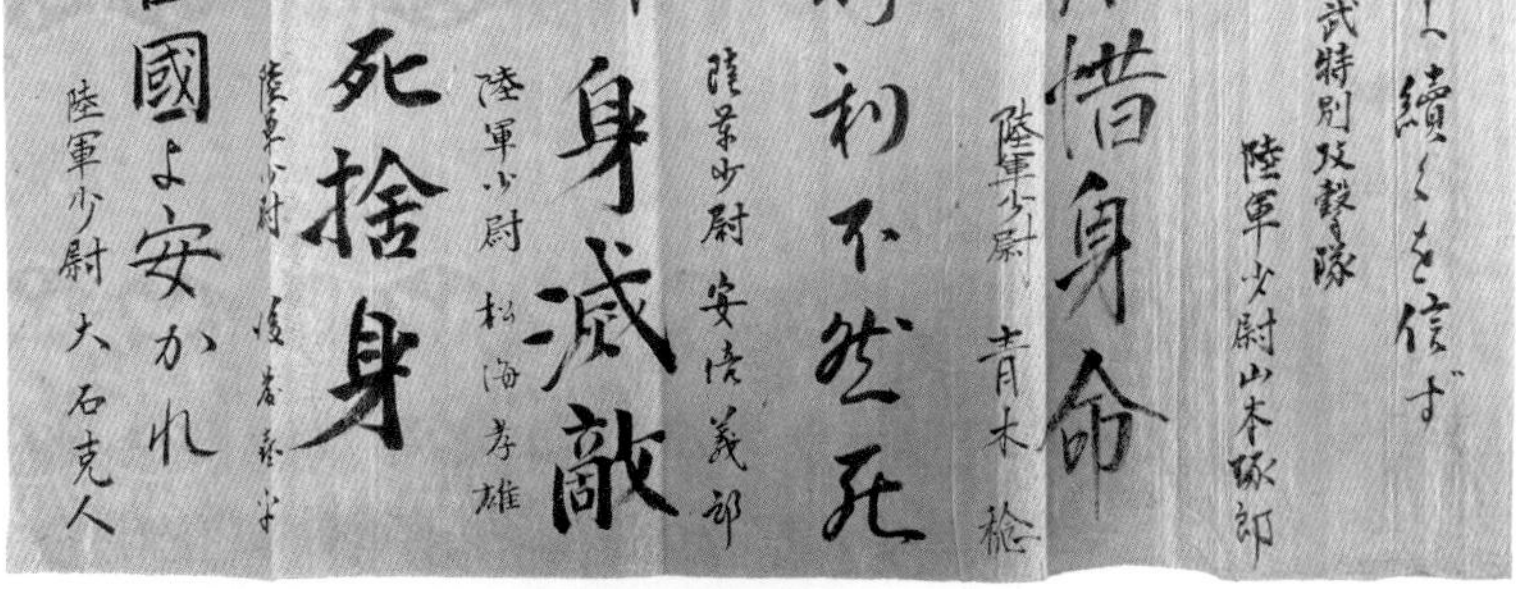

戦友６人で西往寺に奉納した寄せ書き。西往寺にはここを
最後の宿舎として出撃していった特攻隊の遺したものが、
納められている。それらは今も大切に保管されている。

陸軍特別操縦見習士官時代に飛行訓練をする父。乗っている飛行機は赤トンボ。

飛行服姿の父の写真は、西往寺前の籾神社で撮ったもの。この写真と同じものが西往寺にも保管されていた。

飛行機の操縦をしたことがない者達にとって、飛行訓練はいつも死と隣り合わせだった。これは教える側の教官も同じで、空中での射撃訓練などは双方本当に生命がけだった。時には地上で飛行機の模型を使って訓練をしたが、真剣そのものだった。（写真提供：大石克彦氏）

軍馬に乗る父。陸軍では見習士官以上でないと馬に乗れなかった。

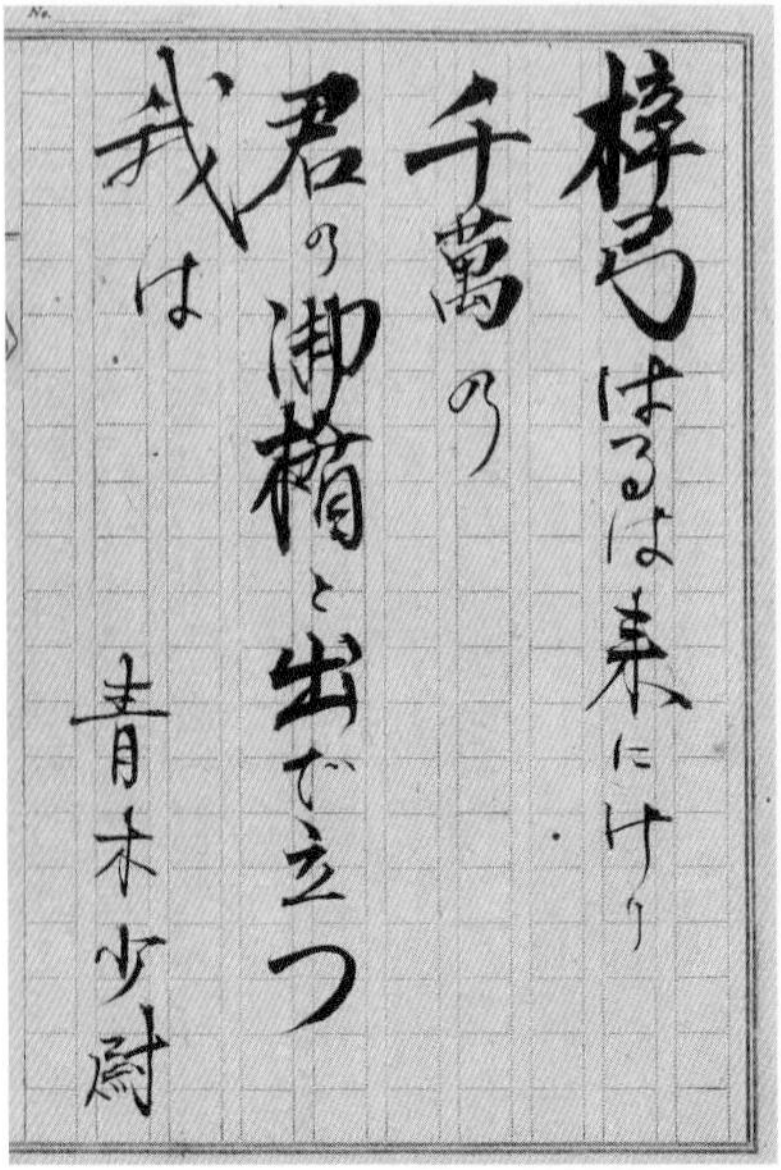

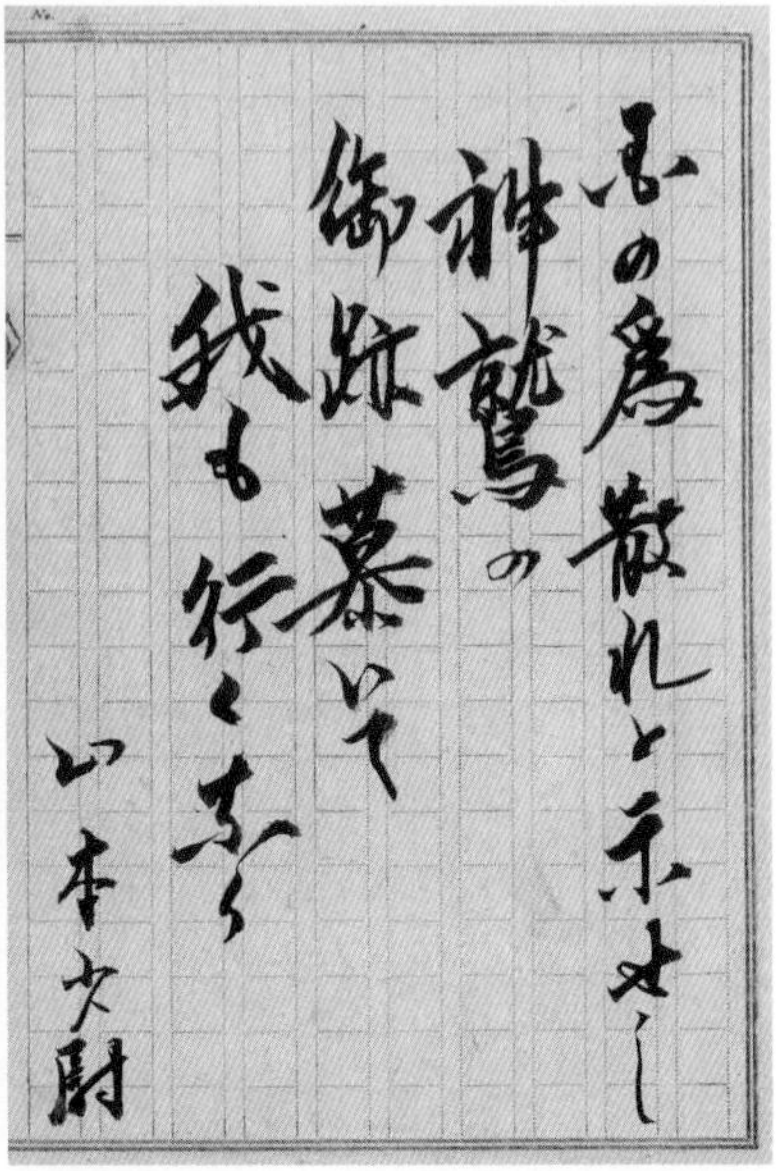

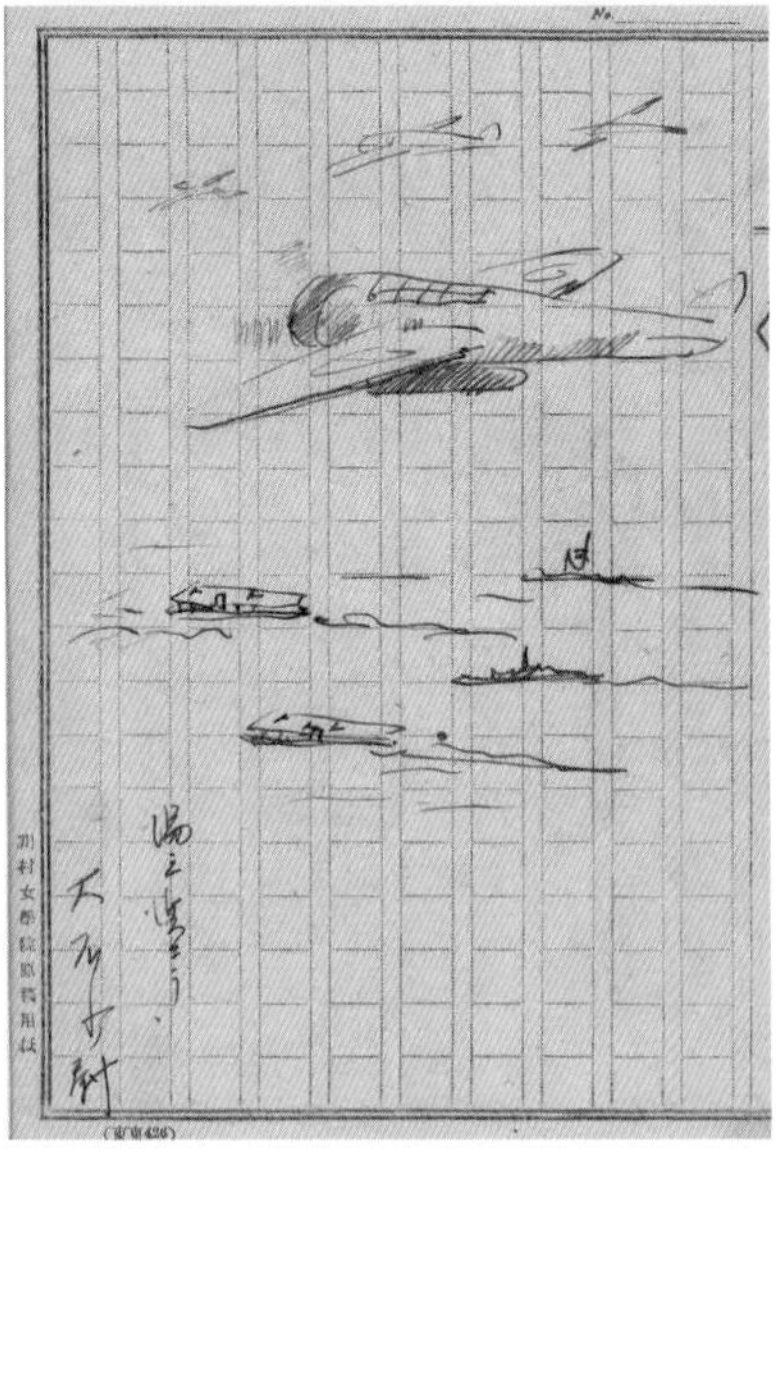

宿泊先で知り合った三姉妹に頼まれて書いた短歌や絵（本文143頁）。
いずれもこの三姉妹により、今日まで大切に保管されていた。

短歌は、国のため、天皇陛下のために命を捧げると決意した若者の自作自筆のものである。

「国の為散れと示せし神鷲の御跡慕いて我も行くなり　山本少尉」父

「梓弓はるは来にけり千萬の君の御楯と出で立つ我は　青木少尉」戦友

下は大石少尉が描いた、上空を飛ぶ機動部隊の絵。

上：飛行服姿の絵を描いて欲しいと乞われた父が描いた絵（本文142頁）。

下：実際の飛行服姿の父。手には軍刀を持っている。

宿泊先で出会った三姉妹に宛てた父からのはがき。

砂浜で遊んだ日の思い出が書かれているのだが、表には検閲済の印が。検閲があるため、内容は当たり障りのないものとなっているが、死を覚悟した若者が綴ったものと思うと感慨深い（本文239頁）。

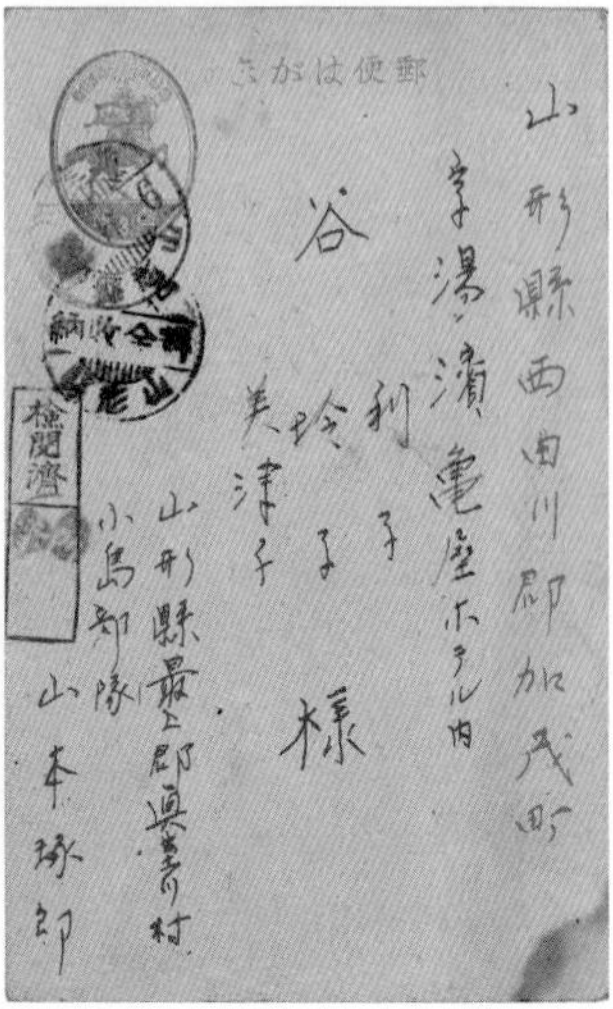

郵便はがき

山形縣西田川郡加茂町
字湯濱亀屋ホテル内
谷 利子
玲子
美津子 様

山形縣最上郡眞室川村
小島部隊
山本琢郎

検閲濟

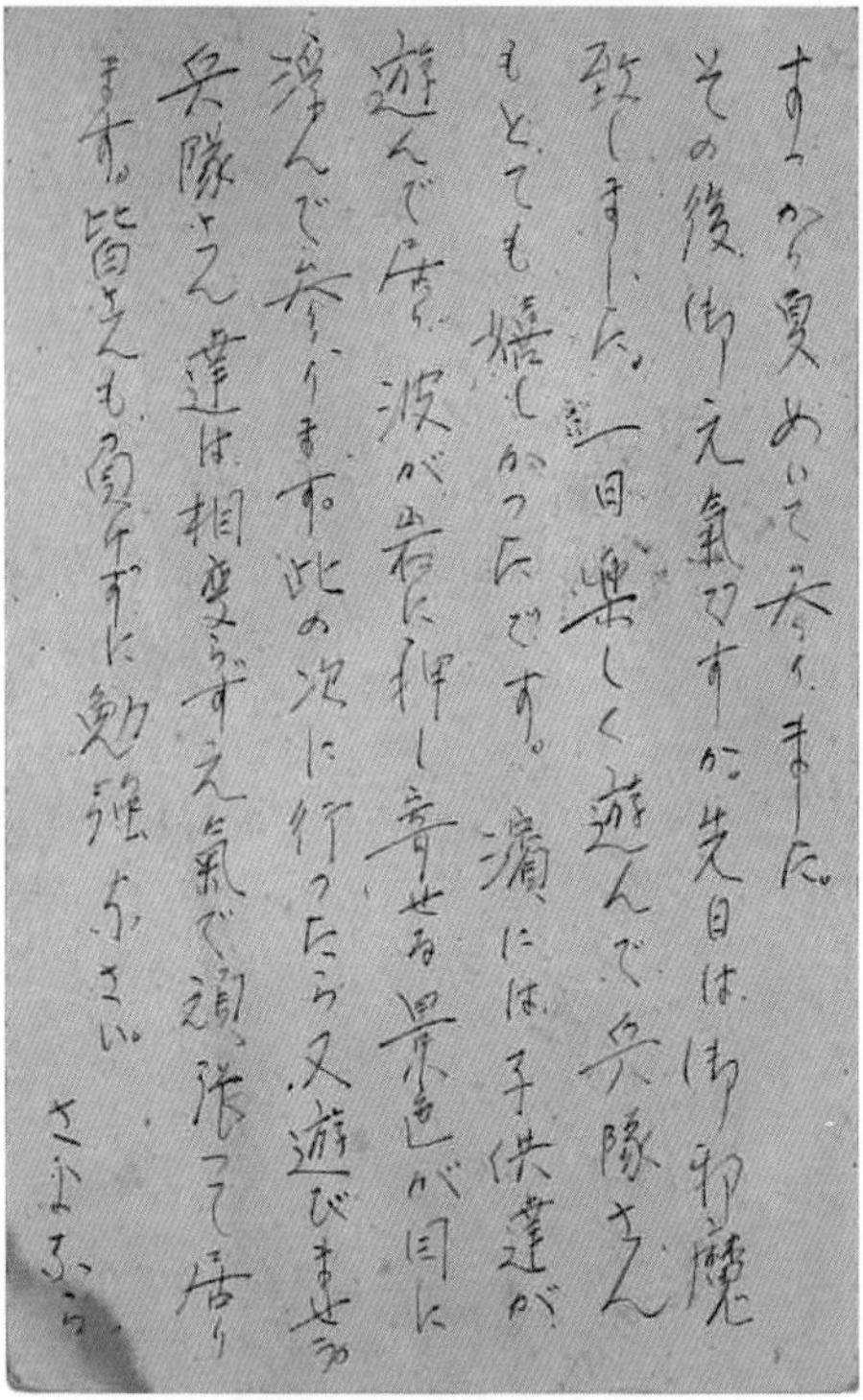

すっかり夏めいて参りました。
その後御元気ですか先日は御邪魔
致しました。一日楽しく遊んで兵隊さん
もとても嬉しかったです。濱には子供達が
遊んで居て波が岩に押し寄せる景色が目に
浮んで参ります。此の次に行ったら又遊びませう
兵隊さん達は相変らず元気で頑張って居り
ます。皆さんも風ひかずに勉強なさい。
さよなら

砂浜で遊んだ朝に撮った写真。まだ幼さの残る三姉妹と無邪気に遊び、穏やかな時を過ごした。
（写真提供：大石克彦氏）

生きのこる

陸軍特攻飛行隊のリアル

はじめに　二行の行間を求めて

父山本琢郎《たくろう》が亡くなり、母洋子《ようこ》が整理した父の遺品を私に渡してくれた。その中に父が書いた経歴書があった。役人であった父の経歴は実に細かく記述されていて、俸給級数まで記載されたものだった。しかし、その経歴書の中で戦時中の部分だけは、

昭和十八年十月一日　仙台陸軍飛行学校入校
昭和二十年八月十八日　召集解除ヲ命ゼラル

と、たったの二行だけだった。

父は、戦時中どう生きたかを、その二行に封印してしまったのである。

私はその二行の行間をなんとか読み解こうと思った。というのも、その遺品の中に「振《しん》

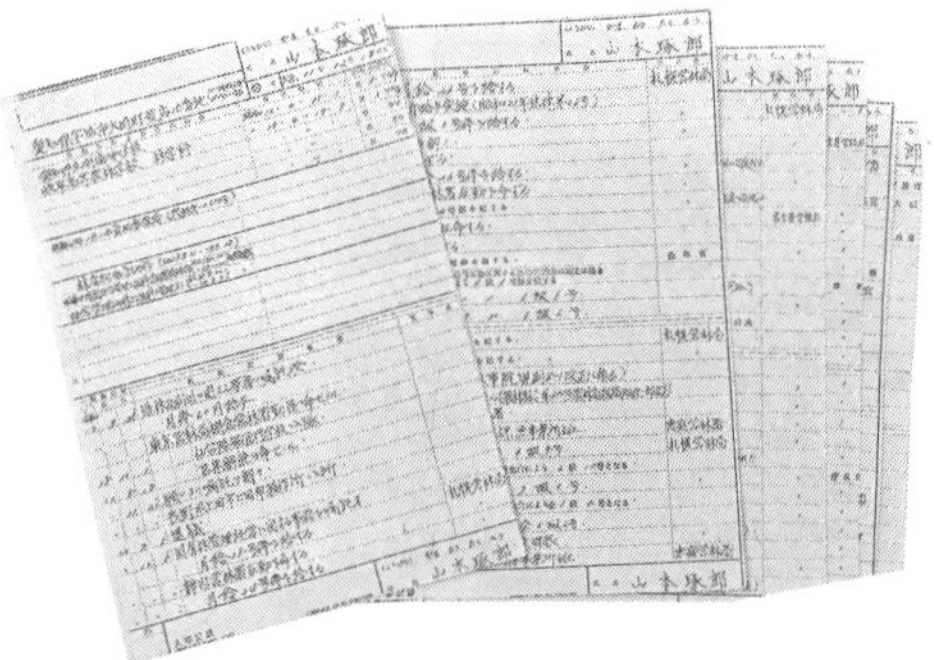

6枚にも及ぶ詳しい父の経歴書（撮影：植一浩）

武《ぶ》特別攻撃隊　天翔隊　陸軍少尉　山本琢郎」と書かれたシルクのマフラーがあったのである。父は陸軍少尉で、しかも、いわゆる「特攻隊」だったのか……。生前、母も含めて家族全員、父から戦時中の話は一切聞いたことがなかった。

私は猛烈に調べ始めた。
遺品の中には父の闘病中、看病をする傍ら母が書いた戦中戦後の様子を丁寧《ていねい》に綴《つづ》った手記も入っていた。二人の若者はあの時代をどう生きたのか……。

母の手記は、将校姿の父と出会った経緯から書き始められていた。

生きのこる　目次

一章

戦争と運命

父　山本琢郎

陸軍特別操縦見習士官

陸軍少尉となる　昭和十九年三月　058

右から、95式一型練習機（通称赤トンボ）、95式三型練習機

母　洋子の手記

父　山本琢郎

二章

特攻隊の本音《リアル》

三章

終戦の喪失

父　山本琢郎

99式襲撃機

四章 生きのこる

川崎98式一型偵察機

⑨
飛島
酒田
鶴岡
⑩
⑤⑧
仙台陸軍飛行学校
①
⑥
嬬恋(鹿沢)
⑦
熊谷陸軍飛行学校
②
④
平磯
③
浜松飛行場
名古屋
福生飛行場

山本琢郎　特攻パイロットへの足跡

①福島県棚倉町	営林局時代の勤務地
②茨城県ひたちなか市	水戸陸軍飛行学校
③千葉県横芝光町	仙台陸軍飛行学校横芝教育隊
④埼玉県桶川市	熊谷陸軍飛行学校桶川分教所
⑤宮城県仙台市	錬成飛行仙台分教場
⑥長野県上田市	熊谷陸軍飛行学校上田分教所
⑦栃木県壬生町	熊谷陸軍飛行学校壬生教育隊
⑧宮城県仙台市	陸軍仙台飛行場(霞目)
⑨青森県八戸市	陸軍八戸飛行場
⑩山形県真室川町	熊谷陸軍飛行学校真室川教育隊
⑪佐賀県吉野ヶ里町	大刀洗陸軍飛行学校目達原教育隊

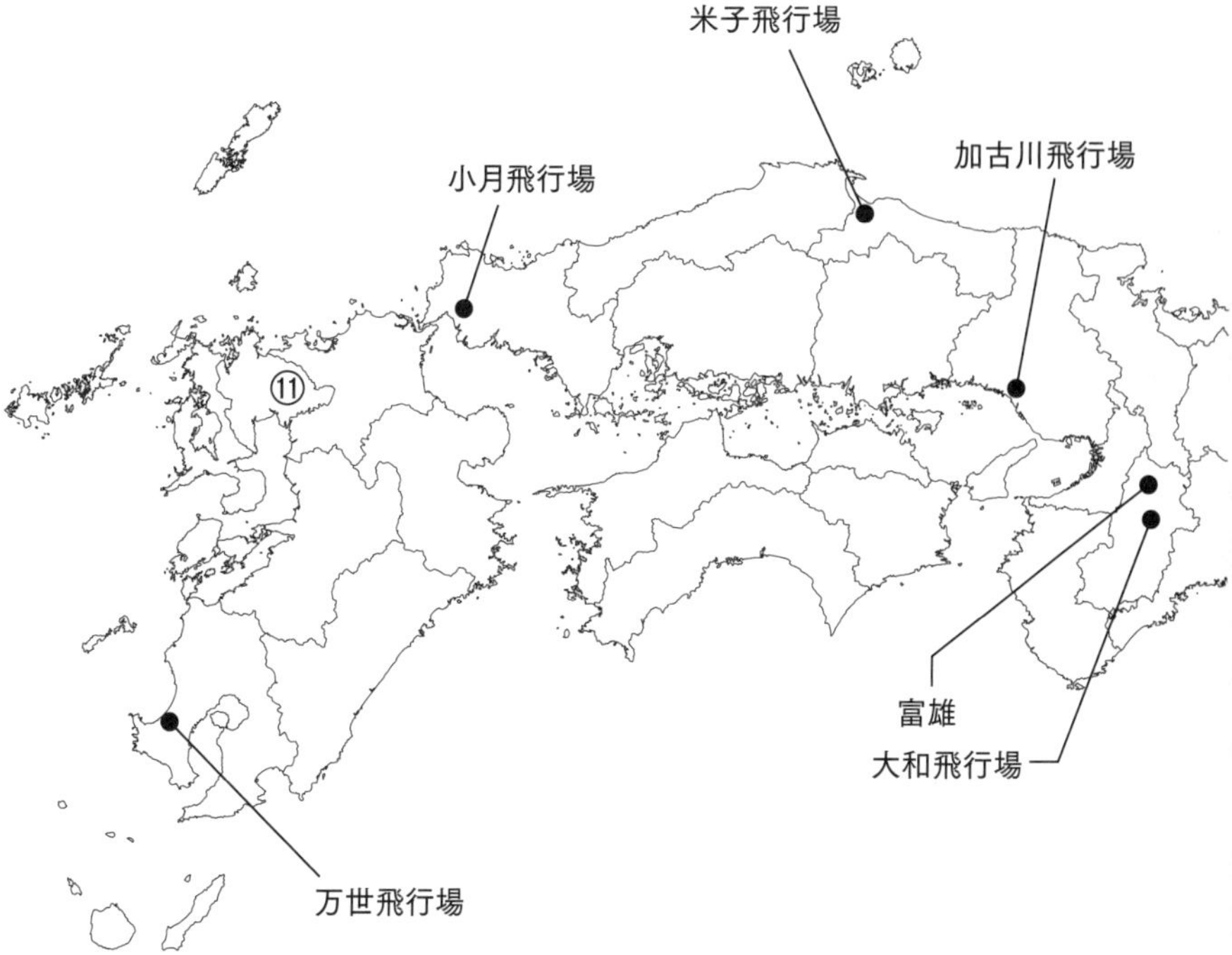

一章

戦争と運命

父、山本琢郎　家族写真

母　洋子の手記──

出会い、その一

昭和十九年　冬

生き写しの横顔

私があの方を見かけたのは昭和十九年の、珍しく晴れて日差しが輝く冬の朝でした。その年の秋から参加した女子挺身隊《ていしんたい》の勤め先に出かけるために家を出て、松尾町と海野町の交差点に差し掛かった時です。

「オコた～ん……ちょっと待って！」

長野県旧制上田中学に登校する治が追いかけて来ました。治はすぐ下の弟です。治はよちよち歩きの頃から、私、有賀《あるが》洋子のことをそう呼んで慕っていました。

弟の声に足を止めた時でした。駅の方に向かって、陸軍将校の制帽にマントを風に靡《なび》かせ、軍靴《ぐんか》の音も高らかに颯爽《さっそう》とやってくる軍人さん達がありました。新たに着任してきた人達でしょう。目の前を通り過ぎようとしている一人に目がとまりました。

はっとしました。

軍帽を目深にかぶった凜々《りり》しい横顔が、この八月にお別れした軍人さんに生き写しだったのです。

慰問隊

昭和十八年　秋

踊りを披露する

上田市は長野県の東部にあり、長野県内では長野市、松本市に次ぐ中核都市です。北に太郎山、東に烏帽子岳、西を小牧山に囲まれた三角形の上田盆地の中にあり、上田城を中心に栄えた城下町です。

市街地の左端を千曲川《ちくまがわ》が流れています。千曲川の左岸は塩田盆地で、鎌倉時代に執権北条氏一族の所領となっておりました。それででしょうか、この地域には鎌倉時代に建てられた日本に一つしかない木造の八角塔（安楽寺）や、長野市の善光寺と向かい合うように北向きに立つ北向観音、「未完成の完成塔」と呼ばれる前山寺の三重塔など、信州の鎌倉と呼ぶにふさわしいほど歴史的文化遺産が多いのです。

かつては養蚕業で栄えましたが、今では蚕糸機械の製造技術を生かした精密機械の製造業が地域経済を支えています。

私は上田市役所の二階の事務室で和文タイプライターを打つ仕事をしておりました。その頃、発足したばかりの国民健康保険組合の規約作りに携《たずさ》わり、多忙な日々を送っていました。

ある日、呼ばれて課長さんの席に参りました。課長は短くなった金鵄《きんし》（ゴールデンバットというタバコの銘柄で、戦時中は敵性語だということでこう呼ばれていた）をもみ消して立ち上がりました。

「有賀さん、君は日舞ができましたね」

「できるっていうほどでもないです。習っている程度です」

課長は机の上から一枚の用紙を取り上げ、目を通しながら言いました。

「こんど勤労奉仕隊の中から慰問隊を組むことになったのですが、歌が歌える人と寸劇ができる人はいますが、踊りができるのは有賀さんだけなのですよ」

勤労奉仕隊というのは、学校や職場で動員されて軍事工場や鉱山、農家などで無償で働く人達のことです。四、五人ずつ組になって活動し、私も農繁期などには農業の手伝いに駆り出されていましたが、兵隊さん達のための慰問は初めてでした。

慰問会は温泉旅館の百畳敷の大広間で開かれました。座敷は兵隊さんでいっぱいになっていました。

舞台では慰問隊の女性が軍歌を歌っております。私達五人は数あわせの素人なので、前座を務めるのです。会場からは手拍子が始まり、一曲目を歌い終える頃には満場の手拍子と合唱で盛大に盛り上がりました。歌い終えた女性は満面の笑みを浮かべ、深々と頭を下げました。二曲目は『古賀メロディー』で、歌に合わせて私が踊るのです。

日舞の先生のところで急ごしらえで練習したので、全く自信がありませんでしたが、物怖《お》じしない私は、なんとか間違えずに踊り終えました。盛大な拍手に戸惑いながら、歌の女性と共に舞台袖に下がりました。その後は『のらくろ』を真似た寸劇で、素人芸はこれでおしまいです。後は地元の芸妓達が玄人《くろうと》の舞を披露します。地方《じかた》に合わせて舞う姿に兵士達はうっとりと見とれています。最後は松竹歌劇団が素敵な舞台を展開して、大きな余韻が残る中、慰問の会は幕を閉じました。兵隊さん達は群馬県嬬恋《つまごい》の鹿沢《かざわ》高原に設営された部隊の方達で、トラックに分乗して帰って行くのです。

私達慰問隊の女性が控室で着替えを済ませ、お茶を飲んでいると、

「部隊長さんが、慰労会をするからいらっしゃい、とのことです」

と、旅館の女将《おかみ》が呼びに来ました。

身支度を整えて、女将の後について慰労会の部屋にやって参りました。部屋の真ん中にご馳走をたくさん並べた食卓がありました。床を背にして三人の将校さんが座っておりました。真ん中の穏やかな方が部隊長さんだと、襟章で判《わか》りました。

「さあ、どうぞ。遠慮せずに」

部隊長さんが私達を招き入れました。私達はおずおずと、一人ずつ手をついてご挨拶しながら席につきました。

「今日はご苦労様でした。なかなか良かったですよ」

「お恥ずかしい限りです」

リーダー格の房代さんが頭を下げます。それに合わせて、私達も頭を下げました。

「さあさあ、召し上がってください。お酒を召し上がりますか」

部隊長が徳利を持って盃を手にするよう、勧めて回ります。私の番になると房代さんが、

「よう子ちゃんは未成年なので」

と、部隊長の手を止めてくれました。

「そうか。じゃサイダーにでもしようか」

手を叩いて女将を呼び、サイダーを注文してくれました。

「君は確か、踊りを踊ってくれた人ですね。よう子ってどういう字を書くのですか」

部隊長の左横に座っていた将校が言いました。襟章からすると大尉のようです。

「太平洋の洋に子供の子です。名字は有賀で、こっちはよく珍しがられます」

手のひらに書いて差し上げながら答えました。

寄せ集めの混成部隊

食やお酒が進み、座が盛り上がってくると部隊長が右横に座っている士官に、歌を歌うようおっしゃいました。

「はい。自分は部隊長付白戸純一であります。母校の歌を歌います」

起立してそう言うと、『鈴懸《すずかけ》の径《みち》』を歌い始めました。灰田勝彦が歌っているのをラジオで聞いたことがある歌です。後で知ったことですが、この歌の作詞は灰田勝彦のお兄さんで、初めに作った詞では暗いので世相に合わないと軍部から指摘されたそうです。それではこの歌は立教大学の学園歌にしようということになって、詞が変えられ、題名も『鈴懸の径』として世に出たのだそうです。

三拍子の優しいメロディーで歌い終えると、恥ずかしそうに一礼して座りました。

「彼は、『ペンを銃に変えよ！』と檄《げき》を飛ばされ、神宮の森から送り出されて、鹿沢の予科士官学校に来たのですよ」

白戸と名乗った士官は自分のことが話題になると正座し直すのでした。軍人らしい振る舞いでした。

「今は、飛行場などの設営部隊ですが、こいつは世が世なら大学の陸上部員として輝かしい活躍をしているだろうに……よし、じゃあ次は自分が歌おう」

大尉はそう言うなり、上着を脱いで立ち上がりました。

「あれをごらんと～指さす方に～」

田端義夫ばりの哀愁を帯びた歌声で箸《はし》を刀に見立てて踊りを交えて歌いだしたのです。

「今じゃ今じゃ浮き世を～三度笠」

二番で締めくくると、立ったまま盃を手にして前に差し出す。

「落ちぶれ果てても平手は武士じゃ～」

言いながら房代さんが酒をつぐ。それをぐいと呷《あお》ると『勘太郎月夜唄』を歌い出す。

座は賑《にぎ》やかに盛り上がっていきました。やがて、話題も尽き、お開きとなりました。部隊長が私達に再び礼を言い、お風呂を浴びてゆっくり休むようにと言って立ち上がりかけた時、

「我々は寄せ集めの混成部隊です。いわば使い捨ての駒です。そんな自分達のために、今日は本当にありがとう」

大尉が立ち上がって敬礼をするので、私達もあわてて起立しました。

温泉旅館だけあってお風呂場は凝った造りになっていました。

未成年は私だけでしたが、他の人達も二十歳をちょっと過ぎたくらいの若い人達だったので、お湯につかりながら話題はもっぱらあの学徒出陣の白戸士官さんのことでした。私を除いて皆は少しだけですがお酒も入っていましたので、いつになくわいわいと騒いでお

りました。

お風呂から上がり、さっぱりとした私達が脱衣場の板戸を開けると、先ほどお風呂場まで先導してきてくれた、あの白戸さんが直立不動で立って待っていてくださいました。私達は恐縮して無言になってしまい、そのまま部屋に導かれて行きました。

部屋には五人の布団が敷かれていて、明日も早いからと、それぞれ床につきました。やがて寝息が聞こえ始めました。私も眠らなければと目をつむるのですが、『鈴懸の径』を歌う白戸さんの姿が浮かんできてしまいます。目を開けてもその姿が浮かんできて、いつしか目を開けているのかつむっているのか判らなくなり、私にとっては長い夜になってしまいました。

死ぬことを教える学校

翌日は勤労奉仕隊と合流するために農村地まで行くのですが、士官さんが鹿沢の基地まで帰る軍用トラックで送ってくれることになりました。その前に記念に写真を撮ってくれるというので、旅館の庭先で将官の方々数人と一緒に撮ってもらいました。兵隊さん達にまざって荷台に乗り、旅館を後にしました。目的地に着くと部隊の皆さんは、私達を降ろし、嬬恋村にある兵舎に帰って行きました。

勤労奉仕から帰って、市役所に出勤すると、早々に課長席に行き、慰問の報告をしました。

「あの部隊は豊橋から来た特殊な部隊でね。野戦飛行場設営隊といって、前線で必要な飛行場を迅速に整備する訓練を積んでいるんだそうです。同じ敷地には、この夏、予科士官学校が疎開してきたそうですよ」

「ええ、部隊長付の士官の方がそこの方でした」

「おお、それは優秀だ」

「立派な軍人さんです。翌日の勤労奉仕の村までトラックで送って頂きました」

「それは良かったですね。仕事も大変ですが、勤労奉仕もお国のためです」

「はい、判っております」

一礼して、自分の席に戻りました。

数日すると、課長が和文タイプを打っている私の前に四角い封筒を差し出しました。タイプの手を止めてそれを受け取り、差出人を見ると、墨痕《ぼっこん》鮮《あざ》やかに、部隊の住所と『東部軍第一二七部隊部隊長付白戸純一』と、ありました。封を切ると、中からやはり毛筆の手紙と記念に撮った写真、それに数枚の折りたたんだ紙が出てきました。写真は五枚入っていました。

『拝啓
先日は慰問に来ていただき、大変ありがとうございました。
写真ができましたのでお送りいたします。皆様におわけください。
あの日に松竹歌劇団で歌われた譜面を楽団の方から頂いておりましたのでお送りいたします。

敬具

白戸純一』

有賀洋子殿

「僕も礼状を頂いたよ。律儀な方ですね。僕の知り合いに予科士官学校で教官をしている人がいてね」
課長は、空いている席の椅子を引き寄せて腰掛けました。

「ああいう学校では、大変厳しい教育をしているそうだ。学校は学校でも、君が通っていた学校と違って、一人の教師が何十人に教えるのではなく、複数の教師が一人の学生を教育するのだそうです」

課長はいつの間にか金鵄を吸っていました。

「米英は物で戦ってくるけど、我が国は人で戦わなければならない。だから徹底的に鍛えるのだそうです。特にあそこでは、死ぬことを教えているのだそうです」

課長が、何故《なぜ》そんな話をするのか、このときは判りませんでした。

「陸軍予科士官学校は、死ぬことを教える学校なのです」

課長は小さな声でもう一度そう言うと立ち上がり、自分の席に戻っていきました。最後の言葉が、タバコの煙と共に私の周りに漂っていました。

私は早速、房代さんの席に行きました。手紙を見せて写真を手渡し、譜面を差し出しました。

「私は歌えないから、房代さん、お使いください」

「あら、いいの？」

譜面を受け取って、開いて見ながら口ずさむ房代さんでしたが、急に思いついたように、「でも、どうして貴女《あなた》に？　ああ、そうか、あの時ね。よう子ちゃんは未成年でお酒が飲めない……と私が言ったからね。あの時どういう字を書くのか聞かれてたものね」

なるほど、私の名前はあのときに出てきたのね、と私も納得しました。それから、慰問に行った他の仲間の人達に写真を配って回りました。皆一様に士官さんから送られてきた写真と聞いて声を弾ませるのです。そして異口同音に、どうして貴女のところに、と言うのでした。

待ち受ける運命

その夜、軽い気持ちでお礼の手紙を書こうと、文箱を出しました。文箱の中には便箋の他に日記帳やざら半紙の束が入っています。半紙を取り出して広げてみました。女学生の時に盛んに読んだ『少女倶楽部』の表紙や挿絵の蕗谷《ふきや》虹児《こうじ》の絵とか、吉屋信子の少女小説の挿絵の中原淳一の絵などを描き写したものでした。我ながら良く描けたので、大事にとっておこうと思ったのです。

それらの絵を見ながら、小説のあらすじに心ときめかせていた自分を思い出し、しばらく思い出にふけっていましたが、万年筆を握りしめていることに気がつき、手紙を書き始めました。お礼の手紙ですから、短い文章で済むはずが、なかなかうまく書けません。遅くまでかかってようやく書き上げ、翌朝、郵便ポストに投函して市役所に出勤しました。

数日して白戸士官さんから、今度は家に手紙が届きました。四角い封筒に相変わらず達筆です。慰労会の時の私達の会話が面白かったとか他愛もない内容でしたが、最後に『皆さんによろしく』と結んであったので、他の方にはお手紙を出していないのではと思い、誰にも内緒にすることにしました。

返事を書きました。今読んでいる本とか父や母、家族のことなども少し書きました。次に届いた封書の差出人欄にはいかめしい肩書きがとれて、住所と名前だけでした。日記の一頁を切り取ったものが入っていました。

『慶應病院に入院していた妹、冴子が亡くなった知らせを聞き、鹿沢（群馬県嬬恋）へ行く途中に家に立ち寄った。葬儀を終え父母と斎場で煙突を見上げていた。紫の煙が雨空に立ち上って行く。冴子が天に向かって階段を上っていくように思えた』

私が家族のことを書いたからでしょうか。妹への切ない思いと、自分を待ち受ける運命とが交錯しているのでしょうか。この時始めてあの時課長が言わんとしたことを理解したような気がしました。

それからしばらく経ってからのことでした。いつものように役所の事務室でタイプを打っていると、廊下に硬い靴音が近づいてくるのが聞こえました。窓の上半分の透明なガラス越しに軍帽が見えました。軍人さんがたまに廊下を通ることがありますので気にとめることなくタイプを続けていると、その軍人さんは廊下を行ったり来たりしています。やがて、ドアをノックして入って来ました。白戸さんでした。今は肩章も襟章もピカピカの少尉姿です。

「白戸です。予科士官学校を卒業し、晴れて少尉に任官しました」

課長が不在だったので、私の席に来て敬礼をしました。私は、他の方々の好奇心旺盛な視線を感じ、会議室にご案内いたしました。

「任官の記念に写真館で写真を撮ってきました」

そう言いながら、ソファに腰掛けました。白戸少尉がソファに腰掛けたのを確認して会議室を離れ、初めに房代さんの席に急ぎました。

「わかったわ。他の人達に声をかけるので、貴女はお茶を出して差し上げて」

房代さんにそう言われ、給茶室に急ぎました。

お盆にお茶をのせて会議室に戻ると、房代さん達が白戸少尉さんを取り囲んでおりました。白戸さんは彼女達の視線に耐えきれず、扇子《せんす》を取り出して扇《あお》ぎ始めました。すると彼女達は、「いい匂い」「香水かしら」と、ますますはしゃぐのです。

房代さんが、

「ちょっと拝借」

と言って、扇子を借り受け、裏表を検《あらた》めた後そっと嗅いで、

「お香じゃないですか」

そう言いながら私に扇子を手渡しました。私は、白戸さんが東京の大きな食品会社の御曹司だということを、文通を通じて知っておりましたから、お香の香りのする扇子は白戸さんに似合っていると思いました。扇子の良い香りを嗅いだ後に、ゆっくりと閉じて白戸さんにお返ししました。

父　山本琢郎――

陸軍特別操縦見習士官

仙台陸軍飛行学校　昭和十八年　秋

餓島ガダルカナルの失敗

山本琢郎は、すぐ下の弟達郎と茨城県平磯の旅館に泊まっていた。医大に入った達郎は東京に下宿しているので、琢郎が呼び寄せたのである。昭和十八年九月三十日、旅館は琢郎と同じ目的で宿泊している若者とその家族で満室だった。

翌日の特別操縦見習士官の入校式に出席するためである。

磯の香りの漂う宿の一室で、遠くにぽつりぽつりと浮かぶ漁《いさ》り火を見ながら、久しぶりに達郎と酒を酌《く》み交わし、両親との生活を懐かしんでいた。二人の父は官吏で転勤が多く、勤務地は日本全国にわたるのでその都度住まいとする官舎も変わる。琢郎は宮崎県の小林で生まれた。兄の俊郎は鹿児島市、達郎は山形、末弟の克郎は愛媛県の松山だ。

「俊郎兄さんは召集されて名古屋の連隊に行っているし、自分も上京したから今は克郎と三人暮らしだな」

琢郎は、親元に報告がてら名古屋に行って、折り返し平磯に来たのである。厳格な父と、その父に黙って従う母の姿がいつになく寂しげだったのが気がかりだった。そんな両親の面倒をよくみるように、克郎に念押しして名古屋を後にしてきた。

「明日は早いから、もう寝ようか」

達郎が気遣うように言うので、琢郎は素直に従うことにした。しかし、明日からは軍隊生活である。いわゆる娑婆《しゃば》とは今日限りとなるので、琢郎にしてみれば、なんとなく未練が残る。

「自分は風呂に入ってくるよ」

「ああ、判りました。その間に布団を敷くように帳場に言ってきます。自分はそれから風呂に行きます」

二人は部屋を出た。

特別操縦見習士官制度は、陸軍で空中勤務者と呼んでいる戦闘機などの操縦士を、短期間で養成するために新しく設けられた制度である。

昭和十六年十二月八日、パールハーバーへの奇襲攻撃で太平洋戦争の端緒を開いた日本軍は、その後破竹の勢いで突き進んでいったが、昭和十七年六月のミッドウェー攻略で頓《とん》挫《ざ》した後は、思わしい展開ができなくなっていた。特に昭和十七年八月七日、米軍の対日反攻作戦（ウォッチタワー作戦）による西太平洋ソロモン諸島のガダルカナル上陸がターニングポイントとなった。


ガダルカナル島には、日本海軍が完成させたばかりの飛行場があったが、連合軍は上陸してこれを奪取した。

ところで当時、一報を受けた大本営陸軍部の参謀の中に、ガダルカナル島がどこにあるか知っている者がいなかったほど、陸海軍はそれぞれ勝手に戦況を展開していた。

陸軍はミッドウェー攻略で上陸させる予定で出動させた部隊があったが、海戦に敗れたことで、そのままグアム島に留《とど》めていたのを、急遽《きゅうきょ》、ガダルカナル島へ差し向けた。

一方、海軍は第八艦隊を差し向けて米軍の上陸部隊を撃退したが、兵站《へいたん》つまりロジスティクスを重視しない日本軍の悪い癖で、上陸物資などを満載した輸送船団への攻撃を怠《おこた》ってしまった。おかげで、この作戦で初めて海兵隊を登用した米軍は、大きな損失も出さずにガダルカナル島を手に入れたのである。

日本軍は三度にわたって部隊を上陸させた。だが上陸した多くの兵隊達は、マラリアで体力を奪われたり命を失ったりで密林の中をさまようだけの有様であった。

日本軍の島への物資輸送は鼠《ねずみ》作戦という駆逐艦や潜水艦による輸送で、それも連合軍の攻撃で成功することは少なく、島では物資、特に食糧が不足し、兵士達は体力消耗に加え、飢えるばかりで、ガダルカナル島はガ島つまり餓島と呼ばれた。

結局日本軍は、翌年の二月に総員撤収を完了するまでに、投入された将兵三万一千人以上のうち、餓死や病死した者は一万五千人にも上った。

また、輸送作戦を援護するために航空機や艦隊を投入し、十数回にわたる会戦（多くの兵を使った戦いのこと）などで、航空戦力を甚《はなは》だしく消耗し、日本軍としては航空機の増産はもとより、航空要員を緊急かつ大量に養成する必要に迫られていたのだ。

父・母をよろしく頼む

陸軍は少年飛行兵学校の生徒を大量に採用し、航空士官学校の士官候補生等の卒業を繰り上げると共に、他の兵種将校を操縦士に転換する教育を行ってきたが、従来の制度による操縦者育成では時間的に無理があった。

そこで陸軍指導部は高等教育を受けた者なら短期間で操縦技術を身につけることができると考え、昭和十八年七月三日、『陸軍航空関係予備役兵科将校補充及服務臨時特例』を公布、施行した。この勅令で定められたのが『特別操縦見習士官』（特操）である。

士官候補生ですら上等兵という兵卒から始めなければならないのに対して、特操は曹長という下士官から始めるという点でも特別であった。これは高学歴者を優遇する海軍の予備学生制度が人気であったため、これに対抗するためにとった制度であった。朝日新聞社などは海軍飛行科予備学生を『荒鷲』と呼び、特操を『学鷲』あるいは『陸鷲』と呼んで国民の戦意を高揚させるような報道をしたのである。

一方で、徴兵免除にしてきた大学生などを対象に、卒業を半年縮めたり、徴兵免除措置を撤廃したりして兵隊にする方針をとった。いわゆる学徒出陣である。学生は学問に専念させるべしという方針であったが、東京都下で繁華街への一斉手入れをした際に、多数の学生が検挙されたことがあって、遊ばせているくらいなら戦地へ行かせろという世論が強まったこともあったのである。

七月五日に特操一期生募集の陸軍省告示が出された。

前年に岐阜高等農林学校（現岐阜大学）を卒業し、東京営林局の棚倉営林署に勤めていた琢郎はさっそくこれに応募した。一次の書類審査を通り、二次の体力審査を経て六倍の競争率を制してこれに合格した。

特操の教育は熊谷《くまがや》陸軍飛行学校、宇都宮陸軍飛行学校、大刀洗《たちあらい》陸軍飛行学校、仙台陸軍飛行学校そして満州の白城子《はくじょうし》陸軍飛行学校の、本校及び分教所で実施されることになった。

琢郎は仙台に入校するのだが、仙台陸軍飛行学校は、この年の十月に水戸陸軍飛行学校が茨城県那珂《なか》郡から移転・改称してできた学校なので、琢郎達新入生は水戸陸軍飛行学校のあった茨城県で入学式を行った後、二手に分かれて仙台本校と千葉県の横芝分教所に向かうのである。

十月一日の朝、琢郎と達郎は早めに目覚めた。磯の香りの豊かな朝ご飯を頂き、平磯の旅館を出た。

迎えに来ていた軍用トラックの荷台に多くの学生服姿に交じって乗り込み、水戸陸軍飛行学校に向かった。

営門を通って中に入り、トラックから降ろされると、付き添いの家族は別仕立てのテントの下に集められた。総勢四百人ほどの特操生は営庭に集められた。琢郎は野村中隊第一区隊の所属になり、区隊長は渋谷健一少尉であった。

野村中隊に所属する特操生は総勢二百四十人ほどで、これとは別に千葉の横芝校の所属になる小林隊があり、その数は野村中隊の半数ほどであった。各区隊ごとに集められ、それぞれ担当の下士官の指示のもとに整列させられて兵舎に入って行った。

兵舎の中で見習士官服と軍帽および軍刀の支給品を受け取り、全員これに着替えた。一本線に星が三つ並んだ曹長を示す襟章と、〇の中に☆印が入った見習士官章が両方の襟に、胸には翼を広げたデザインの操縦章が付いている。

着てきた服は、軍隊に持ち込みできない私物とともに風呂敷に包み、軍刀を佩用《はいよう》して家族が待っているテントに向かう。それぞれ風呂敷を家族に渡し、制服に身を包んだ凜々しい姿を披露していた。琢郎も達郎の前に立ち、軍服姿を披露した。感心して上から下まで検分するように見ている達郎に風呂敷を渡した。

「お父様、お母様を頼んだぞ」

「判っています。安心して下さい。では、体に気をつけて」

他の付添人達にまじって立ち去っていく後ろ姿を見送っていると、集合せよ、の号令がかかった。

一通り、軍隊生活についての説明や注意があり、軍刀の扱いや軍刀を用いた敬礼などの所作を教え込まれた。なんとか軍刀が扱えるようになった頃には昼飯時になった。

食堂に案内され、一堂に会して昼食となった。午後一時きっかりにふたたび営庭に集合。四列横隊で、背の高い順に整列する身幹順序で並び、点呼《てんこ》となった。

琢郎は第三列であった。前二列は仙台本校、後ろ二列は横芝校へ行くことになる。野村中隊は仙台本校の教育隊で、所属する特操生の多くは学校のクラブでグライダーや飛行機の操縦くらいは経験していた。操縦経験のない特操生で編制された第一区隊のみ、横芝校（千葉県）で基本教育を受けることになるのである。点呼が終わり、琢郎達は順序よく並んだトラックの荷台に乗り込んでいった。

軍隊に行くなら将校になる

勝田駅では軍用列車が待機していた。琢郎を含む後ろ二列は、横芝に向かう列車に乗り込んだ。見習士官といっても、昨日までは学生であった者達ばかりである。私語が多くて行動もメリハリがなく、軍隊としてはけじめのない状態であったから、引率の将官から矢のような注意や叱責の声が乱れ飛んでいた。

客車の窓に付いている鎧戸も、軍機密のために閉めっぱなしだから人いきれでむんむんする。背の高い男が横に座った。

「自分は松海《まつみ》といいます。龍谷大学を出て寺を継ぐ予定でしたが、召集が来たので特操に応募しました。よろしくお願いします」

関西なまりで松海と名乗った男は、軍帽を扇子代わりにあおぎながらにっこり笑った。

琢郎も名乗ろうとすると、

「そこ！　軍帽は脱いじゃいかん！」

引率下士官の声が飛んできた。松海と名乗った男は慌《あわ》てて軍帽を頭にのせた。

「山本です」

琢郎は小声で名乗り、簡単に経歴を伝えた。汽笛一声、列車は動き出した。鎧戸が閉まっているので外を見ることができない。列車は南を目指して速度を上げていった。

列車は途中で一度も止まることなく、千葉県の横芝駅に着いた。午後の四時を少し回っていた。曇り空のせいか、あたりは薄暗い。駅のホームの裸電灯がわびしく灯《とも》っていた。迎えの軍用トラックに乗り込む頃には小雨が降り出した。秋雨にアスファルト道が濡れて光っている。

営門に着くと週番士官の中尉が迎え入れてくれた。営門の脇にコスモスが咲いていた。その前に衛兵が立っている。海岸からは波の音が聞こえそうだ。滑走路と兵舎、格納庫の他には松林があるだけの殺風景な飛行場のようであった。トラックを降りると、名前を呼び上げられ、内務班が決められた。内務班とは軍隊生活の中で寝起きを共にする生活単位である。ここでは十二人が一班で、琢郎は第一区隊第五班となった。

列車の中で知り合った松海と同じ班である。

第一区隊は飛行経験が全くない者六十名で構成され、軍隊生活を共に過ごす内務班は全部で五班となっている。区隊長の渋谷健一少尉は、加藤隼《かとうはやぶさ》戦闘隊で活躍した経験を持つ、飛行時間三千時間を超えるベテランである。

仙台本校へ行った第二区隊はグライダーくらいは乗ったことのある飛行既修者で六十名。第三区隊は操縦経験のある飛行既修者五十名、中には二等操縦士の資格を持った者が若干名含まれていた。第四区隊はほとんどが二等操縦士の資格所有者で、四十名。

この中には昭和十七年十月に、関西の大学などの学生一万名を集めた演習で、一方の飛行隊長として活躍した関西大学航空部の主将もいた。第五区隊は、逓信省航空局航空機乗員養成所出身の操縦士三十名となっていた。


隊列を組み、これから助教として指導を担当する下士官の引率で兵舎に入った。広い兵舎は左右対称になっていて、真ん中は通路を兼ねた居住空間で机が並んでいる。

両方の壁ぎわに棚板が二段付けられていて、その下に寝台が並んでいる。

寝台は内務班ごとにまとまるように並んでいた。第一区隊は一班から三班までが入った左側、四班と五班は右側に並べられていた。

助教から内務班での生活について、事細かに説明を受けたあと、指示に従って各自、自分の寝台にのせた、水戸で給与された公用行李《こうり》と称するトランクを開け、替えの下着や身の回り品を確認し、寝台の上の棚に必要なものを並べた。歯ブラシなどは母が持たせてくれていたからいいが、給与されない品物は酒保《しゅほ》という売店で購入しなければならない。

寝台で待機していると、

「入浴」

との声がかかる。第一区隊から順に浴場へ行く。そろって、体を洗い、続いて浴槽につかる。入浴が済むと夕食である。入隊祝いなのか、赤飯とすき焼きで、卵までついている。夕食が済むと自由時間は自習することになる、ということで、助教が教場に案内してくれた。昼はここで授業を受けるのである。

就眠前は、兵舎の真ん中の机を挟んで並び『軍人勅諭』の奉読である。

「我國の軍隊は世々天皇の統率し給ふ所にそある」

総字数二千七百字の文語調で、読み上げれば小一時間かかる。陸軍では将校になったらこれを暗記できなければならない。奉読が終わったらようやく床につくことができる。

何もかも初めてずくめの一日は終わった。床についた琢郎は兄のことを思い出していた。兄は召集を受けて、名古屋の中部軍第四三師団歩兵第一三六連隊に兵卒として入営した。琢郎は学校を卒業して関東へ行くので、その前に兄のところを訪れた。兄は一兵卒の受ける理不尽な扱いを嘆いていた。その様子を聞きながら、自分は軍隊に行くなら将校になる、と心に決めたので特操に応募したのだ。

今日一日で理不尽な扱いは受けなかったし、入隊したその日から曹長という下士官の身分になったうえ、やがては少尉以上の将校になるという見習士官にもなった。通常であれば、陸軍将校となるにふさわしい教育を終えた者が少尉任官前に任じられるのが見習士官であるが、さすがに陸軍肝いりの制度である。

赤トンボで飛んだ!

起床ラッパが鳴り響く。午前五時。眠い目を擦《こす》っている間もなく軍服に着替え、床を畳んで整列し点呼を受ける。洗面所で歯を磨き顔を洗う。全員そろって乾布摩擦で体を鍛える。これが毎朝の日課になるのである。

朝食後軍装を整えて営庭に出る。澄み切った秋空の下、各班ごとに整列する。九十九里浜の浜風に紅白の吹き流しがゆったりと舞っていた。遠く滑走路近くのエプロン(飛行機の待機場所)には、オレンジ色も鮮やかな九五式一型練習機、中練と略して呼ぶ通称『赤トンボ』がずらりと並んでいた。第一区隊は回れ右をして教場に向かう。操縦学や気象学

95式一型練習機（中練）、通称「赤トンボ」

など飛行に関する教科や、軍人としての基本を学ぶのである。

渋谷区隊長の操縦学の講義は飛行機は何故飛ぶのか、という理論からであった。

午後からは営庭に出て軍事教練である。上半身裸になり、航空準備体操で体を鍛える。それが終わると竹刀《しない》を振って精神を鍛錬する。その後は二本の鉄の輪を平行に繋《つな》いだラートの中に入り、両手両足を、輪を繋ぐ棒に固定して、大の字の状態で転がるのである。

厳しい軍事訓練と、頭の痛くなるような座学での訓練が十日ほど続いた。営門をくぐるまでは気楽な学生生活を送ってきた特操生にとっては、それこそ地獄の毎日である。

こうした日々が続いたある日、いつものような軍事訓練ではなく、飛行訓練が始まった。特操生達は飛行服に着替え、整列してエプロンの方に行進していった。また訓練を兼ねた赤トンボの整備かと思っていると、助教が咳《せき》払いをして告げた。

「本日は慣熟飛行を行う」

生徒達が首をひねっているのを見て助教が続けた。

「慣熟飛行とは、お前達が操縦に慣《な》れるために実際の飛行機に乗って飛行することである。飛行訓練の第一歩であるので、しっかりと取り組むように」

別の助教が訓練要領を説明し始めた。

「中練の前の席にお前達が乗り、後部座席には我々助教が乗る。お前達が慣れるまでは、後部座席から操縦するが、だんだんお前達の操縦が多くなっても大丈夫なように、気合いを入れて訓練に励んでくれ。今後の訓練はこのような搭乗方法で行われる」

この後、班別の訓練順序の説明があって、

「訓練が終わったら、助教に名前と訓練内容、そして異常がなければ異常なしと報告するように。それが終わったら、ピスト（訓練指揮所）に区隊長殿が控えておられるので、同様の報告をするように」

と、締めくくった。

訓練は一班から順に始まった。六機の赤トンボの後部座席に助教が乗り、生徒がおそるおそる前部座席に乗り込む。プロペラを起動させると、耳をつんざく轟音《ごうおん》に襲われた。グワングワンと腹に響く。

順番に滑走路に進んで行く。一機ずつ、うなり声を上げて赤トンボが滑走し離陸、大空に舞い上がっていった。

やがて琢郎達の班に順番が回ってきた。松海が先頭の機に乗り込む。二番機に琢郎、三番機に……と続く。琢郎は地上で赤トンボの実機の整備の際に何度か操縦席に座ったことはあるが、エンジンがかかって機体全体が振動している席に座るのは初めてだった。身震いしている機体によじ登って座席に着く。体全体が振動して気持ちのいいものではない。周りの景色も振動していて、目眩《めまい》がしてきた。

後部座席の通信用伝声管から助教が叫んでいる声が聞こえるが、途切れ途切れで何を言っているのか判らない。右手で操縦桿《かん》をつまむように握り、左手はスロットルレバーを握る。両足は方向舵につながるペダルに乗せる。それぞれの操作で機がどの様になるかを、模型片手に座学でたたき込まれていた。耳は同乗する助教との通信に注意し、目は計器板に注目する。

松海の機が動き出した。琢郎の機も後に続く。滑走路まで三機ずつ雁行《がんこう》状態で移動し、一定間隔を置きながら離陸してゆくのである。滑走を始めると滑走路のでこぼこが体に伝わってくる。すっとガタガタが消えて体が浮いた。地上がみるみる小さくなってゆく。箱庭のような景色の先に海が見えてきた。

海岸線をまたぎ、海の上に出た。下を見ると、黒い水面に波が糸のように幾筋も伸びている。風防ガラス越しに風が顔に当たる。

「操縦桿を動かしてみろ。少しだけだぞ」

助教の叫ぶ声が聞こえた。

水平飛行、水平旋回

はい、と答えて操縦桿を少し手前に引いてみた。空気圧の感覚が指先に伝わってきたと思ったら、機首がグイと上を向いた。慌てて押し倒したら、どっと下を向く。

「もっとゆっくり、動かすのは少しでいい」

助教が操舵したのか機は水平になった。

「もう一度！」

「はい！」

何度か操舵を繰り返し、帰るぞ、という声で、機は大きく旋回し始めた。機が傾き、思わず反対方向に体を傾けた。

「ベルトで締めてあるから落ちやせん。機と一緒に体を傾けろ」

助教から注意された。やがてぐんぐんと下降し、波間が迫ってきたと思うと陸地が近づいてきた。滑走路が揺れながら近づいてくる。やがてガタンと着地した。全身の力が抜けて、どっと疲労感に襲われた。エプロンまでは放心状態だった。助教にせかされて急いで機から降り、ふらつく体を必死でこらえて助教に敬礼する。

「山本見習士官、慣熟飛行終わり、異常なし」

よろめきながらもピストと呼ばれる空中勤務者待機所に駆け込んで、渋谷区隊長の前に立った。

「山本見習士官、慣熟飛行終わり、異常なし」

敬礼して報告を終える。テントの中の木製の椅子に座ってようやく一休みとなる。松海が青い顔をして、ぼんやりと腰掛けていた。

慣熟飛行の翌日は操縦の感覚を身につける操舵感得である。生卵を握るように親指、人差し指、中指で操縦桿を摑めと地上訓練で教わった通りに、実際に飛行しながらやってみるのである。後部座席の助教が水平飛行まで持ってくると、

「始め！」

と指示を出す。操縦桿を手前に引くと上昇し始め、前に倒すと下降し始める。ただ、プロペラ機は放っておくと慣性の法則で尻が振れてしまうので、方向舵で調整しなければならない。

単純に見えて複雑な操作で、上昇、下降を何度も繰り返し、滑走路に戻った。

その次の日は水平飛行の訓練である。操縦桿を動かさなければまっすぐ進むと思われるが、実際には空の上では風もあるし気流もあるので、機首が上下左右に動き、不安定なのである。

操縦桿で修正するのだが、やり過ぎてしまい、結局、機は激しく波打ったり左右に揺れてしまう。

操縦は主翼に付いている補助翼、尾翼に付いている昇降舵そして垂直尾翼に付いている左右の方向舵の三つの舵をうまく使わなければならない。操縦学の基本だ。

操縦席の真ん中に立っているのが操縦桿で、補助翼と昇降舵を動かす。操縦桿を左右に動かすと補助翼が動いて機体が傾く。前後に動かすと昇降舵が動いて機首が上下する。足下には左右にペダルが付いていて方向舵を動かすことができる。左のペダルを踏むと機首は左に、右を踏むと機首は右に向く。

操縦桿とペダルをうまく調整しながら、水平飛行ができるようになるまで何度も繰り返す日が数日続いた。

水平飛行に合格すると、次は旋回である。羽を広げた大きな鳥が体を傾けて旋回するように機体を傾けて旋回しなければならない。

補助翼で機体を傾けながら方向舵で向きを変える。つまり、操縦桿とペダルをうまく使わなければならないのである。

うまく旋回できているかどうかは計器板に付いている水準器の水銀玉で確認する。初めのうちは機体の動きが上下に動いたり横滑りしたりして安定しないので、水銀玉が水準器の中で踊ってしまうのである。

これも何日か続けて、ようやく安定した水平旋回飛行ができるようになった。

宙返り、そして離陸、着陸

左右の旋回ができるようになると、今度は上昇、下降しながら左右に旋回。それができたら急旋回の訓練。機体の傾きも三十度、四十度となって遠心力が体にかかるようになってくる。

ここまでは飛行速度も時速百五十キロくらいだが、熟練度が要求される特殊飛行になると時速二百二十キロになる。

垂直旋回では、操縦桿を手前に強く引きつけて宙返りするのだが、遠心力で体が座席に押しつけられる。これはこれまでの訓練に慣れてきた体であっても、気持ちのいいものではない。旋回中は遠心力で血が足下にいってしまうので、頭から血が引いて貧血状態になるのだ。

宙返りが始まると、視界から地平線が消えて目の前が真っ暗になり、ふたたび地平線が背後から目の前に下りてくるのである。後部座席の助教がする宙返りは垂直に真円を描くのだが、訓練中の宙返りは楕円になったり、背面飛行になったりして、時には失速して落下するといった事故になることもある。地上に降り立つやいなや、草むらに駆け込み嘔吐《おうと》するものが続出である。

宙返りも何日も繰り返すと、不思議なもので体が慣れてくる。

さらに急反転、上昇・下降反転、垂直Uターン、意図的に失速させてふたたび姿勢を回復させる木の葉落としなど高度な空中戦闘機動、錐《きり》もみと錐もみからの回復の訓練と続いた。

飛行訓練は空中だけでなく、地上でも行われた。場周経路という、飛行場の上空を一回りする飛行訓練を地上で行うのである。本来は、離陸して滑走路を離れて九十度旋回して直進、さらに九十度旋回して滑走路と平行に離陸とは逆向きに飛行し、ふたたび九十度旋回して滑走路の延長線上まで飛んで九十度旋回し、元の滑走路に着陸するのである。

この経路に見立てて、地上に長辺十五メートル、短辺十メートルほどの四角を描いて、その上を歩行しながら、飛行機を操縦している動作をするのである。

「スイッチ、コック、レバーよし！」

出発地点でエンジンや電気系統のスイッチが正常である、燃料コックも十分に開いている、スロットルレバーも空気調節レバーも正常であることを確認する点呼《てんこ》を行う。

「警戒よし！」

前方機、後方機との距離も十分である、との点呼をすると、出発係が白旗を振るので、左前腕を上に上げて前に倒す。出発するという合図と共に歩き始める。

「直進、速度九十キロ、浮上！」

離陸時を頭に描きながら声に出して言う。

「第一旋回、上昇旋回、高度百メートル！」

そう言いながら左に回る。だいたい場周経路は左回りだ。

およそ十メートル歩いて、

「第二旋回、高度三百メートル、直線飛行！」

「飛行場警戒、異常なし！」

左を見て報告。

「第三旋回、降下旋回、前方機確認」

「第四旋回、降下旋回、レバー全閉」

旋回しながら六十度ほどのところで高度を百メートルに下げ、着陸態勢に入る。

「降下角、三十度……飛行場進入……」失速して着陸。地上十メートルで、

「返し始め」

と叫んで操縦桿を少し引いて機首を上げて着陸態勢をとる。

「着地、直進」

空中での動作を、地上で何回も繰り返して体に覚え込ませるのである。

時には着陸態勢が悪かった場合を想定して、着陸をやり直す練習も行った。


離着陸は大事な訓練である。特に着陸は簡単にはいかない。

地上すれすれで失速させて地上に機体を落とすと車輪がスムーズに接地して着陸するのであるが、失速させる位置が高いと衝撃が大きくなる。その上、姿勢が上向きすぎだと尾輪から落ちるので、尾輪の支持金具を傷めてしまう。

あるいは、滑走路からはみ出してバランスを失い、機首が下がってプロペラを傷める。ひどい時には逆立ちしたり、ひっくり返ったりしてしまうことすらある。

進入が低すぎると滑走路手前で樹木に引っかかってしまうことだってある。それなりに怪我もするが、大事には至らずに済んできた。

ちなみに赤トンボは、木製の骨組みに布を貼《は》った構造なので比較的軽くできている。

陸軍少尉となる　昭和十九年三月

横風に流される

年も改まって昭和十九年になると、技量が優秀な訓練生は助教が付かないソロ、つまり単独飛行ができるようになっていた。初めて単独飛行ができるようになった訓練生が乗る時は、機の前の座席から助教が降り、代わりにバランスをとるために人と同じ重さの砂袋を乗せた。

松海が後部座席に乗り込むと、整備兵がやってきて、上下二枚の翼を支える支柱間に張ってある鋼線《こうせん》に、五十センチほどの長さの初心者用を示す吹き流しを左右に付けた。その取り付けを不安げに見ていた松海に、

「よし、行ってこい」

と、助教が送り出すと、松海は不安げなまなざしではあるが、意を決したように赤トンボを走らせ始めた。

琢郎も次の機に乗り込んで待機する。送り出した助教が区隊長に報告して、心配そうに見守っている。雁行状態を守りながら赤トンボはうなり声を上げて滑走路に進んでいく。まず松海機が滑走を始め、ふわりと浮き上がった。順調な滑り出しだ。場周飛行の訓練通りに進み、着陸態勢に入る頃から助教が航空無線に向かって大声で注意し始めた。

「ようし、ようし、いいぞ、その調子、速度もいいぞ。コースを守れ」

いよいよ着陸コースに入ると、

「速度が速いぞ、角度はいい、よし、レバー全閉、そこで返し始めだ！」

機は機首を少し上げ、地上付近で速度を落として着陸は成功した。ところが、皆がほっとしたのも束の間、突然の横風で機が流され滑走路からはみ出しそうになった。助教が立ち上がった。機はどうにか態勢を取り戻し、指定の位置に止まった。

松海は座席から降りて小走りで助教の元に走った。

「松海孝雄見習士官、単独飛行終わりました。異常なし！」

やり遂げた松海は、満足感に満ちあふれて報告する。

「異常なしじゃない！　横風に煽《あお》られたじゃないか。後続機があったら衝突だぞ！」
と、怒鳴られていた。

滑走路の周辺で助教なしでの単独飛行や旋回など特殊な飛行ができるようになると、次には、正確かつ安全に目的地に行くために目標となる地点を定めて飛んでいく三角航法を会得する。最初は助教と共に筑波山を目標にして水戸飛行場へ飛んだ。

こうした厳しい訓練と規則ずくめの生活が続く毎日で、弱音を吐いたり、ぼやきあったりしていた特操生も、なんとか軍人らしくなってきた。

何はともあれ昭和十九年の三月の卒業を迎える頃には、琢郎ら第一区隊の学生はどうにか単独航行にこぎ着けた。

三月十九日、仙台本校で卒業式を終えたあと、赴任地へ行くまでに休暇が出たので五泊六日で親が住んでいる名古屋に帰った。二人の弟も帰って来ていたので、仙台に帰る前日に家族そろって近所の写真館へ出かけた。見習士官姿で軍刀を携えて座る琢郎の両脇に両親が座り、後ろに弟二人が並んで立ち写真を撮った。

仙台陸軍飛行学校に戻ると、早々に次の赴任先に行くのである。琢郎は埼玉県の熊谷陸軍飛行学校付となり、教育飛行隊でさらに高度な訓練を受け、操縦技術を磨くことになった。

特操の制度ができるまでは、操縦兵や整備兵など航空戦力となる者達の育成は少年飛行兵学校が主となって、二年かけて行っていた。そこへいきなり一年あまりで千人から二千人の航空戦力員の、しかも将校が誕生することになったので、陸軍は航空勢力機関を総動員して対応せざるを得なかったのだ。

基礎訓練は全国の四ヶ所の飛行学校の本分校で行われたが、実践向きの訓練は内地の施設だけでは間に合わず、フィリピンや中国大陸など外地の飛行場のある前線部隊に送られた。陸軍はソ連を意識していたのか、福岡の大刀洗飛行学校からは中国大陸への配属が多かった。

また、第三区隊や第四区隊のように操縦に慣れた特操生は、そのまま教官として教育隊のある部隊へ配属されることも多かった。

生命がけで教える、教わる

熊谷陸軍飛行学校には分教所が二十数ヶ所あった。熊谷の本校は少年飛行兵の教育が主であった。琢郎と松海は桶川分教所の教育飛行隊で訓練を受けることになった。仙台では主翼が二層の複葉機の赤トンボでの訓練であったが、桶川では九九式高等練習機、通称「九九高練」という、主翼が一層の低層単葉機での訓練になる。

複葉機は風を受ける面積が大きいから浮力があって、それほどスピードがなくても安定した飛行ができるが、単葉機はスピードを出さなければ浮力がつかないので、訓練生は慣れるまでずいぶん苦労した。訓練は毎時三百キロメートルを超える速度や、五千メートルを超える高度に体を慣らさなければならないなど、九九高練を乗りこなすことから始まった。機に慣れると、次は編隊飛行や僚友機と組んでの空中戦の訓練である。

編隊飛行はかなり難しく、飛行機同士が一機分の幅を空け、上下も同じく一機分を空けて飛行しなければならない。しかも飛行機の後ろには気流の乱れが生じて後に続く機が影響を受けるので、前後どちらの操縦士も気をつけなければならないのである。

空中戦も二対二とか四対四で繰り広げるが、空中で衝突しないか、はらはらしながら、

99式高等練習機（写真提供：航空自衛隊熊谷基地）

皆必死で訓練に取り組んでいた。その上、九九高練の怖いところは低空飛行から急に機を引き起こすと失速する場合があることだ。特に片翼が失速した時は、スピンを起こして危険な状態に陥《おちい》る。

助教の乗った飛行機に吹き流しがついていて、これを狙って射撃する訓練もあった。距離を把握し、角度や速度、進行方向からの風や機の横滑りなどを瞬時に判断し、吹き流しに当てなければならない。が、なかなか当たらないのである。うっかり助教機の真後ろから撃ったりすると、助教機を撃墜しかねない。

教わる方も必死だが、教える方も生命《いのち》がけなのである。琢郎達の隊の助教はそれほどでもなかったが、他の助教の下では、すぐに「やる気が足らん！」「だからお前達学生は軍人として失格だ！」などと鉄拳制裁を加えられていた。

教育飛行隊桶川分教所での四ヶ月の訓練を終えると、熊谷に召集がかかった。将校服の採寸である。

琢郎達は、特操生として初めて軍隊生活を送った仙台陸軍飛行学校より十キロほど北にある錬成飛行仙台分教所で、さらに四ヶ月の訓練を積んだ。

仙台で迎えた昭和十九年十月一日に発令があり、琢郎は少尉に任じられた。入隊して六ヶ月で少尉に任じられた一部の特操生を除いて、すべての特操一期生はこの日、晴れて少尉に昇進したのである。

母　洋子の手記――

別れ　昭和十九年八月

ハンカチと思いの糸

昭和十七年六月のミッドウェー海戦を機に日本の戦局は悪化の一途を辿《たど》り、特に西部太平洋ではガダルカナルをはじめとして島嶼《とうしょ》（大小の島々）が次々と連合軍の手に落ち、昭和十九年七月にはサイパン島の守備隊が玉砕しました。いよいよ西部太平洋が切羽詰まってきたという状況ですが、一般の国民は知るよしもありません。

それでも、父が元新聞記者だったこともあって、昔の同僚からの情報などで、大本営の発表と違って日本の置かれた状況は決して思わしいものではないということが耳に入ってきます。

ここ数日、白戸さんのいる部隊が近々動くのではないかという噂《うわさ》を耳にすることが多くなりました。なんでも、部隊の動きが慌《あわ》ただしいというのです。部隊の移動に伴って必要な物資の買い付けが多くなってきたとのこと。白戸さんからの手紙も今月に入ってからは全くありません。

盆地特有の蒸し暑い夜でした。灯火管制で覆《おお》われた灯りの下で、ハンカチに刺繍《ししゆう》を入れていました。

「まぼろしの影を慕いて雨に日に月にやるせぬわが想い」

古賀政男の『影を慕いて』です。ここまで刺したところで、母がお風呂に入るようにと声をかけてきました。

お風呂に入って汗を流し、気持ちよく上がって髪を梳《す》いていると、戸口に人の訪れる声がしました。格子戸を開けてびっくりしました。房のついた朱の縦縞の週番士官襷《たすき》を掛けた白戸さんが挙手の礼をして直立しているのです。

陸軍では軍紀や風紀、防火などを目的として部隊内を週交代で見回る週番という制度がありました。

「週番士官を買って出て参りました」

そう言うと、ポケットから白い包みを取り出し、

「これを……」

と私の手に握らせると、敬礼をして立ち去りかけました。

慌てて私は家の中に駆け込み、刺しかけだった刺繍のハンカチを手にして戻ってきました。口がこわばって何も言えないものですから、白戸さんの胸に押しつけました。白戸さんはそれを見つめていましたが、静かに敬礼をしてなにも言わずに帰って行きました。

突然の出来事だったので、しばらく後ろ姿を見ながら立ち尽くしておりました。やがてそのお姿は街角の闇に消えていきました。あの人はこれから上田橋を渡り上田飛行場の兵舎に帰って行くのでしょう。思いの糸がそこまでたどり着くような気がして、いつまでもあの人が消えた街角を眺めていました。

背中に人の気配を感じて振り返ると、玄関土間に母が立っておりました。私は母に促されて中に入り、部屋に戻って白い包みを開けてみました。

和紙に包まれた落雁と、陸上競技の優勝メダルでした。力量を競い合った神宮競技場で、まさか学徒出陣として送り出されるとは思わなかったという複雑な気持ちなのでしょうか。それとも生きては帰れぬ自分の立場を伝えるためなのでしょうか。私はメダルの持つ意味の重さに耐えきれなくなりました。

そして、何も言えなかった私自身を歯痒《はがゆ》く思い、おそらくは一生悔いが残るのだろうと気持ちは沈んで行くばかりでした。私は頂いた落雁を神棚に供え、手を合わせました。

「どうか、あの方がご無事でありますように」


それからは、悶々《もんもん》とした日々を過ごしていました。周りの話も暗い話題ばかりで、

「いよいよ本土決戦か」

「敵が上陸してくる。落下傘部隊は日本の隅々までやってくるから、田舎といえども安心できない」

「山の中に逃げ込めばいいだろうか」

人々の不安は日増しにつのっていきました。

そして、十七、八歳の若者まで、次から次へと出征していくようになったのです。

ようちゃん、お元気ですか

そんなある日、父の友人が慌ただしく訪ねてきました。

「跡取り息子は学生だからまだ先のことだと思っていたが、今ではいつ赤紙が来るか判ら

ない。一人息子なので、このままでは子孫が途絶えてしまう。両家のためにもなると思うのでぜひあんたの娘さんと結婚させよう。仮祝言でもいい。子が生まれたら敵が上田まで来ても母子は小牧山の横穴で護る。我が家には山も土地もある。食べるのに困らせない」と言うのです。

小牧山というのは上田市のほぼ真ん中の、千曲川が迫ってくるあたりにあるこんもりとした山です。このあたりには上田城を護っていたのでしょうか、山城の跡地が数多く残っています。小牧山もその一つで「下の城」とか、「上の城」とか土塁の跡が残っていて、父の友人の言う「小牧山の横穴」というのはそのような山城の跡なのでしょう。何より、「食べ物に困らせない」の一言に、母はすっかりその気になってしまいました。

「それはご心配ですねえ。うちの娘なんかで良ければぜひに」

と勢い込んで申し上げてしまったんだそうです。

「洋子の気持ちも聞かなければ！」

と、父が母の勢いを止めてくれ、勤めに出ている私が帰ったら聞いてみるということで、その方にはお帰りになってもらったそうです。

その夜、母は私を一所懸命説得するのです。

「こんなご時世、か弱い娘が食べるのに困らないのだから、いいお話じゃないか」

母は盛んにそのことばかり申して、私もついには折れてしまいました。

それからは話があれよあれよという間に進んで、お相手が学校を卒業して帰ってきたら祝言を挙げることになりました。この頃には大学の修業年限が半年間短縮されていましたので、十月には帰ってくる予定でした。近頃は町を歩いていても不気味なほど人気《ひとけ》がなく、人々の口の端《は》に上るのは、やれ本土決戦だ、南方では悲惨な状態になっている、というような暗い話ばかりでした。

私はと言えば、ぼんやりと過ごす毎日でした。ふと、白戸さんとの思い出を断ち切ろうと思いつき、文箱を出してきました。文箱を開けると、メダルが入った封筒が一番上にのっていました。メダルを手にして、じっと眺めていました。これはあの人の思いがこもっているのでむやみに捨てるわけにはいきませんでしたが、手紙は庭で焼いてしまうことにしました。絵を描いたざら半紙も焼きました。焼きながら、不思議と涙は出ませんでした。直接会ったのは最初の出会いと、市役所に来た時、そして南方へ移動する前夜に私の家に来た時の三度だけでした。どの場面もかすんでしまって、うまく思い出せませんでした。すらっとした軍服姿が、強く印象に残っているだけだったのです。

翌日は休みでしたので、家でぼんやりしていましたら、郵便配達の人が来ました。玄関先で配達員が封書を差し出しました。見ると見覚えのある達筆な筆書きの角封筒ではないですか。配達員から封書を奪い取り、あっけにとられた配達員を尻目に、部屋に戻りました。差出人を確かめると、やはり白戸さんからです。震える手で封を切り手紙を開きました。

『ようちゃん、お元気ですか。小生も元気で軍務に服しております。空が青く、白い雲が浮かんでおります。では、お元気で』

たったこれだけの文面です。おそらく戦場に向かう慌ただしい毎日の中で、彼の胸中はいかがなものなのか、文面からは読み取ることができませんでした。

『ようちゃん、お元気ですか』

この文字を再び目にしたとき、自分の置かれた立場を思い出し、立ちすくんでしまいました。私はやがて嫁ぐ身なのです。

十七で始まり、十八でサヨナラ

ふと気がつくと、夕暮れ時。千曲川に架かる上田橋の下の土手に腰掛けていました。キラキラ輝く水面《みなも》を眺めているうちに、無性に悔しくなって石を投げ込みました。投げる度にバシャと小さなしぶきが上がります。波紋が流れに乱れてすぐに消えて行くのを見ていて、いつかも同じように川面《かわも》を見ていたことを思い出しました。

春先でした。あのときはまだ上田橋の上は軍用トラックが往来し、人々も行き交っていました。あの人もひょっとしたら通るのでは、と思いつつ胸がときめくのを覚えました。

それに比べて今は、三尺玉が競うように打ち上げられる花火大会が終わった後のような、そんな空《むな》しさだけが胸を締め付けます。近いうちに嫁いで行くことを知らせるべきなのではないのか。そのためにはまずは、自分の未練を断ち切らなければなりません。それが現実です。意を決して立ち上がり、家路につきました。

『お国のためにご立派に働いておられるご様子、安心いたしました。私は今度結婚いたします。産めよ殖やせよの国策に従い、銃後を守ります。貴方《あなた》様も後顧《こうこ》の憂いなく戦の庭にてご活躍ください』

以前「軍隊に出す手紙は検問を受け、女々しい内容のものは皆の前で読まされるので男子の恥となる」と聞いていたので、余計なことは書かずにポストに投函しました。

それから数日間はなんとなくスッキリしない日々を送っていましたが、父の友人であり、秋には舅《しゅうと》になるはずの方があたふたと我が家にやって来たのです。

「大変なことになった。息子に赤紙が来た！」

と玄関先で叫びました。

「一週間後だ。息子が帰り次第挙式だ」

一方的にまくし立てるのを、母が冷たく突き放しました。

「そんなに慌《あわ》ただしいのでは大切な娘はやれません。この話はなかったことにしてください」

結局破談で終わりました。私は、それならそれでいい、という気持ちでしたが、白戸さんに出した手紙が悔やまれました。自分を責めても、責めても責め足りない思いを止めることができませんでした。

そんな時に白戸さんからの手紙が届きました。

『いよいよ、決戦場へ出発です』

いつもの毛筆で、ただそれだけの内容でした。筆は少し乱れておりました。それは出発前の慌ただしさなのか、私の手紙を読んだからなのか判りません。先の手紙は新潟港から出され、この手紙は門司港で出されておりました。最後まで誠実な方でした。
手紙を仕舞うために文箱を開けると、先の一通の手紙とメダルを入れた封筒だけが残っていました。
十七歳で始まって、十八歳でサヨナラ
過去に封印する思いで、文箱の蓋《ふた》を閉じるのでした。

上田の街に衝撃が走りました。房代さんが私の席に足早にやってきました。

「船が沈んだんですって！　輸送船が！　あの士官さん達の部隊をのせた船が、撃沈されたのよ」

目の前が真っ暗になりました。

鹿沢高原にあった第一二七部隊は、新潟港を出港した徴用船で門司を経由してフィリピンに向けて航海中、米軍機の攻撃を受け南の海に沈んだのです。とても信じられませんでした。白戸さんはもうこの世にいない。信じられないまま、砂を噛《か》むような日を送ることになるのです。

女子挺身隊

昭和十九年　秋

和紙で気球爆弾を作る

昭和十九年の八月に、国は女子挺身勤労令を発布し、十二歳から四十歳の女子が勤労奉仕に動員されるようになりました。早速上田市でも女子挺身隊員の募集が始まり、私は周囲の反対を押し切ってこれに応募しました。

胸にぽっかり大きな穴が空いたみたいで、何もする気力がないまま日々を過ごしておりましたが、その反面、何かやらなければという気持ちも働いていたのです。市役所の講堂に応募者が集められ、それぞれ小隊に分けられました。私も五十人ほどの分隊として紙革工場に働きに行くことになりました。

ここでは、和紙をコンニャク糊《のり》で貼り合わせて大きな風船を作るのです。これは風船に爆弾を吊《つる》して偏西風に乗せ、敵国本土を爆撃するという気球爆弾、戦後は風船爆弾と呼ばれる物を作っている工場でした。

後に聞いたところでは九千個ほどが放たれて三百個あまりが北アメリカ本土に到達し、オレゴン州では六人死亡したそうです。

真夜中、仕事が終わっての帰り道は、女子挺身隊の仲間と一緒に上房山から鍛冶町、馬場町と、長い道のりを知ってる限りの軍歌を歌いながら帰るのです。皆と別れて一人家に帰り着くと父と母が心配そうに待っていてくれました。暗い家ですが、たった一つ灯った電灯の下だけが明るく、卓袱《ちやぶ》台《だい》の上に温められた雑炊《ぞうすい》がのっておりました。いつものことで、母の好意にすまない気持ちから頂いておりましたが、

「私、夜食が出るの。美味しくないけど食べてくるから、もう何も作らないで」

と、言いました。すると父と母は顔を見合わせ、お箸を持ってきて二人で分け合ってすり始めました。その時急に気がつきました。家には旧制中学に通う弟が二人もいたのに、私達に十分食べさせてくれていましたが、両親は何を口にしていたのでしょうか。父の体の細さに胸が詰まりました。もっと早く気がつくべきでした。私は食が細いのに、母が用

意した物を無理して食べていて、両親はそれをそばでじっと見守っていたのでした。それでも、我が家には田舎に親戚があって、そこからお米やら野菜やらをわずかでしたが送ってくれていたので、食べるのはなんとかなっていたのです。

気球爆弾の製造はあまり効率がよくないことから、しばらくすると、生産が中止になりました。それまでは「上質の和紙と大事な食料品のコンニャクを大量に使って、もったいない」と話しながらも、深夜まで懸命に働いたものです。

この年の暮れ、十二月九日の夕飯時に空襲がありました。B29が焼夷弾を落としていったのです。小県《ちいさがた》蚕業学校が全焼しました。亡くなった人はいませんでしたが、上田市民は衝撃を受けました。父も母もうろたえて、とにかく私や二人の弟も疎開することになりました。上田市近郊の母方の親戚が住む神川村です。

モンペが嫌いな私は、母がセルの着物をほどいて作ってくれたズボンを穿《は》き、婦人標準服を着て防火頭巾を肩に背負い、布製の鞄《かばん》を肩に掛けて三、四キロもある上田市内の工場に毎日通いました。

鞄の中には防空壕に避難していられるように、煎った米と煎った大豆、小さな水筒、応急用の包帯、脱脂綿、ちり紙、手ぬぐい、それに着替えの服を入れていました。「郵便屋さんのようね」私の大きな鞄を見て、周りの人達は笑っていました。

通信機器工場　昭和二十年二月

女達の闘い

紙革工場での気球爆弾の製造が中止になって、私達は東京から移転してきたという通信機器の工場に行くことになりました。この工場では適性テストでそれぞれに適した職種に就《つ》くことになりました。筆記テストの後、日舞の教室で大先輩の女性が、

「よう子さん、あなた偉いわね。一人だけ満点よ」

と、駆け寄ってきて、肩を叩いて喜んでくれました。

テストの後は面接でした。面接官は事業部長の肩書きがある物静かな紳士でした。

「趣味は何ですか」

一通り履歴や家族構成のことを聞かれた後、そう尋ねられました。

「兄がよく本を読むので、ドストエフスキーとかヘミングウェイとか、何日もかかって読みふけりました」

「そうですか。私も学生時分にはよく読みました」

それからはお互い面接であることも忘れて読書の話で長引いてしまい、係の人から「次の面接の人が待っていますから」と中断させられたくらいでした。


私は試験課長付の記録係として机に向かう仕事を与えられました。技術者の青年達でごった返し、息の詰まるほど狭い部屋でしたが、しばらくすると広い部屋に移ることができました。前の職場から一緒に来た人達は皆工場で、油にまみれて働いておりました。

私は愛想がいい方ではありませんでしたので、職場で他の人と話をすることはあまりありませんでした。それでも、本社移転でこちらに来た青年と無線記録について会話を交わしたことはありました。

女子事務員は私一人でしたが、しばらくすると女子事務員がもう一人入ってきました。

それほど忙しい職場ではありませんので、むしろ手持ちぶさたの時が多いようでした。しばらく何事もなく過ぎましたが、ある日、その女子事務員が私の机に来てノートを開いて差し出すのです。そこにはこう書いてありました。

『貴女は何様なのですか。本社採用の私よりも上席に座って、特別な資格でもあるというのですか』

達筆な文字が飛び込んできました。

私は、ノートを課長に見せたのですが、

「無視して下さい」

と、とりつく島もありません。首を振って、気まずくノートを返すだけでした。

そのことがあって、思わぬ仕返しを受ける羽目になりました。

挺身隊には給与は出ませんが穀類やら缶詰やらの物資を月に一回、配給してくれており、母はそれをとても喜んでおりました。それが、あの女子事務員の兄が配給係をやっていて、

「あなたは勤労隊ではない」と言って私への配給を止めてしまいました。

実に姑息《こそく》なやり方です。

一輪の花と言われ

またある日には、気球爆弾の工場で肩を組んで軍歌を歌って励まし合った仲間の隊員達から裏切られるような事態が発生しました。

工場全体に非常召集がかかって、急遽《きゅうきょ》、大講堂に工場の全員が集合しました。従業員、男女学徒、中年の徴用男女、女子挺身隊員など大勢の人がいましたが、ほとんどが初めて見る人達でした。工場長が大声で、

「国家非常の時、一刻も大切な時期に座り込みとは何事か！　それぞれが適材適所に効率よく配置するためのテストを受けた結果に異論があるならば、多数を頼まずに、この場で発言しなさい」

指さす先が私達女子挺身隊なのです。一斉に注目され、シーンとなりました。

「意見が無いのなら、即、職場に戻りなさい。解散！」

ぞろぞろと職場に戻って行きましたが、隊員達の白い目線が気になりました。自分の席に戻ると、

「辛いでしょうが耐えて下さい。一度増長を許すと二度三度と繰り返されるので、会社のためになりません」

課長が声を掛けてくれました。そうはいっても、ショックでした。仲間の隊員が、私が現場に出ていないのは不公平だという理由で座り込みをしていたなんて。何も知りませんでした。それなら私に直接言えばいいのに、誰が率先したのだろうか、隊長は年長者だし、副隊長も姉と同級生で人柄のいい人だし、元気なあの子かしら、などと気が滅入るばかりでした。そんな気持ちが揺れている折、あの事業部長さんが励まして下さいました。

「荒々しい職場で一輪の花が生産工場に役立っているのですよ」

優しい一言に救われる思いでした。とはいえ、はぐれ犬になってしまったのです。課長の用事で現場に行き、隊員の姿を見かけたので近づくと、

「あら、汚れますよ。近づかないで」

と、白々しい言葉を浴びて、手で払われる始末です。終業後、正門で隊員が集合するのでそれに加わると、

「貴女には日の丸鉢巻きは似合わない！」

と、冷たくあしらわれ、隊列に入れてくれません。

そんな毎日でしたが、心和《なご》むひとときは、美しくて聡明な工場長の秘書の伸子さんと、

かわいらしいお嬢様のような事業部長の秘書の千鶴子さんの三人で、工場裏の土手で日向《ひなた》ぼっこをしながら東京育ちの二人の楽しかった都会の思い出話に花を咲かせている時でした。

千鶴子さんは、幼稚舎から大学までの一貫校である慶應大学に通っていて、疎開する前までは乗馬やヨット、戦争になる前は英語劇など、楽しく過ごしてきた学園生活を恋しがっていました。

父　山本琢郎――

熱望する

昭和十九年　晩秋

六百五十機が特攻投入

昭和十九年七月、マリアナ沖海戦敗北に続いてサイパンの玉砕で、マリアナ諸島を喪失するに至り、大本営はフィリピンを死守する捷号《しょうごう》作戦を立案した。立案に当たって「これまでの魚雷や爆撃による方法では敵航空戦力の圧倒的に有利な状況に対抗できない、これからは体当たりという航空特攻戦法を採用すべきである」との考えにまとまった。

オーソドックスな航空戦力では勝てる見込みがないし、特攻戦法なら地上部隊と日本国民全体に精神的鼓舞を与える、というのである。そして、限定された訓練を受けた要員で行えば確実に信頼できる戦法である、と。

しかし、陸軍航空本部ではこれに反対する意見も多かった。陸軍の爆弾は地上に対して有効であるが、艦船に対しては船体の分厚い鋼板に対して効果がなかった。有効なのは鋼板にめり込んで爆発する海軍の徹甲弾（装甲を貫通させる砲弾）である。

陸軍の鉾田《ほこた》飛行場など一部では、艦船に対して有効な爆弾を研究していた。鉾田の研究員が航空機の体当たりは戦艦に対して有効ではないと訴えたのに対し、コンクリート工学の権威である東京帝国大学建築科の浜田稔博士を始めとする学者を集めた諮問《しもん》機関が、「理論的には有効だ」と主張した。

すでに特攻の方針に固まっている海軍に対抗するように、東條英機首相兼陸相兼参謀総長が特攻に反対していた航空総監を更迭《こうてつ》した。後任の航空総監は歩兵出身で、航空機による体当たりは「歩兵の誉れである突撃」と同じ、という考えを持っており、こうして陸軍指導部では特攻へと固まってゆくのである。

千島から中部太平洋の守りを固めるという絶対国防圏がサイパン玉砕により崩壊し、代わって企画された捷号作戦に含まれたのが体当たり攻撃なのである。陸軍では航空機による特攻は昭和十九年十一月、鉾田教導飛行師団で編制され、フィリピンに送られた万朶《ばんだ》隊が最初である。

万朶隊の名は幕末の藤田東湖の『正気の歌』の一節からとっており、万朶は多くの花がついた枝という意味で、東湖は、多くの花がついた桜の散り際がまことに清い、と詠んでいる。

大本営は万朶隊の戦果を華々しく報じた。こうして、フィリピンでは約六百五十機が特攻に投入された。そのうち三割弱が命中もしくは有効な損害を与え、米軍を震え上がらせたのである。


訓練を受けていた特操生が全員、格納庫に集められた。みんな、学校長からの卒業の訓示かと思っていたが、空気が少し違っていた。「戦局打開のために、特別攻撃を実施する作戦が計画されている。これから各人の特殊任務に対する決断をとりまとめるので、配布した紙に階級、姓名を記入し、所信欄に丸を付けて夕食までに提出すること」

配られた紙には、
・希望する
・希望せず
・熱望する
とあった。解散になったが、一同は呆然《ぼうぜん》と立ち尽くしていた。

特殊任務という重要なことを言われたが、どう重要なのか、理解できないでいた。

とにかく、兵舎に帰った。

「どう、理解したらいいんだろう」

松海がおそるおそる琢郎にきくのだが、琢郎も返事のしようがない。

「これは爆弾を積んだまま、敵に突っ込んでいくことじゃないのか」

誰かが叫んだ。兵舎の中がざわめいた。やがて、重苦しい沈黙が兵舎の中に満ちた。

出会い、その二

昭和十九年　冬

上田飛行場に着任

錬成教育が終わり、昭和十九年冬になると琢郎と松海は長野県の熊谷陸軍飛行学校上田分教所に赴いた。二人は将校用行李を手に、将校マントに身をくるみ、軍帽を目深にかぶって上田駅に降り立った。

冷たい風が吹き付ける駅前広場に、上田飛行場の下士官が軍用トラックで迎えに来ていた。同じ汽車に乗ってきた二人の若い将校もその下士官が呼び止め、共に下士官に案内され、上田橋を渡って上田飛行場の門をくぐった。

上田飛行場は、昭和初年の繭糸《けんし》価格の暴落による不況対策として千曲川沿いの中之条一帯の荒れ地の開墾を試みたものの、耕作地には不適と判断された土地に、時勢に鑑《かんが》みて建設された飛行場である。民間で建設された後、一旦上田市が買い取り、その後陸軍省に献納されたのである。


教育隊本部に行き、着任したことを報告した。

配属となる区隊付の下士官に飛行場内の兵舎を案内された。その日はそれまでで、とりあえず上田橋を戻り駅の先の上田市街地にある旅館に入った。

翌朝、二人は他の教育隊から来た二人と共に旅館を出て、飛行場に向かって歩いていた。信州の一段と厳しい寒さの中を黙々と歩き、松尾町と海野町の交差点の角にさしかかった。

琢郎は気づかなかった。

彼をじっと見つめる少女がいることを。

二章
特攻隊の本音《リアル》

飛行訓練の途中で（右が父、山本琢郎）

父　山本琢郎――

特別任務　昭和二十年一月

栃木県壬生へ

琢郎と松海は、熊谷陸軍飛行学校上田分教所で教官として、後進の育成を担当することになった。赴任してしばらくは旅館暮らしだったが、区隊長の世話で、上田農工機械という会社の社長の屋敷の離れに寄宿することになった。

社長は秋山庄三郎といい、五十歳前後の恰幅《かっぷく》のいい紳士であった。屋敷は上田飛行場に近いので、部隊へは毎日徒歩で通って、少年飛行兵達の飛行訓練の教師として、基礎的な飛行技術の教練に携《たずさ》わるようになった。

つい一年ほど前に自分達が受けていた操縦訓練を少年飛行兵に教えている日々であったが、世の中の情勢は大きく動いていく。

一月二十三日、琢郎ら特操一期四人に、マレーシアのタイピンへ派遣する第三練習飛行隊付への転属命令が出た。小島部隊に編入されるため、琢郎と松海は栃木県の壬生《みぶ》に向けて出立する日が来た。出立の前日は部隊長を始め、上田飛行場のおもだった人達が料理屋で壮行会を開いてくれた。参加者はみんな、琢郎達が特別任務で行くだろうと、うすうす感じていたので、誰もがしこたま飲んで、大騒ぎであった。

目が覚めると、寄宿している屋敷での最後の朝となった。それぞれ部屋の片付けをした。母屋に顔を出すと、ご主人は工場へ出ていて不在だったが、奥さんが対応してくれた。

「お名残惜しいわね。皆さん、お達者で」

松海を先に玄関から出して、琢郎は奥さんに頼み事をした。

「私の父は官吏ですので、今は名古屋ですが、時期的にどこへ移っているか判りません。ですから私宛に届く為替の送り先はこちらにしておいてよろしいでしょうか。後日、親が受け取りに来たらそのまま渡して下さい」

「判りました。しっかりとお預かりしておきますよ。お体にはくれぐれも気をつけて下さいね」

母と同い年くらいの奥さんが、何度もうなずいた。

第三練習飛行隊への配属命令が出てから二日後には壬生に着いていた。壬生に集められた百五十人中のほとんどが特操一期生で、中には特操二期生が十人ほどいた。

一月三十一日には昭第一八九九七隊としての編制が完了した。二月に入ると例年にない大雪となって、訓練も思うように進まない日が続いた。

演習ができる日は、操縦時間が千時間を超えるベテランが助教として同乗する。どうも助教達は、特操生の存在が気に入らない者が多いようだった。確かに操縦技術が頼りないのもあるが、軍隊経験が未熟なのに下士官である助教より階級が高い将校なのだから、ねたまれるのもやむを得ないところがあった。

後に続くを信ず

昭和二十年三月

文学論と辞世の言葉

三月十二日のことであった。小島部隊長から仏印（フランス領インドシナ）への派遣計画が発表され、先発隊員、前進コースが示された。琢郎は先発隊のメンバーに入れられた。出発は三月十五日、本隊はひと月遅れの四月中旬、後発隊は四月下旬となった。琢郎ら先発隊に選ばれた隊員は、急いで身の回りを片付けた。また、両親への遺書を書き、遺髪を取った。取るといっても、坊主頭だからごく短いものでしかない。

飛行場へ行って、自分に与えられた機を整備兵や助教達と整備する。これを終え、兵舎に戻ると、敵機動部隊が夕方にも日本付近に到達する、との情報が入った。

そして、いよいよ出立の十五日。部隊長から全員集合が掛けられたのだが、

「当部隊の南進は取り止め！」

と伝えられたのだ。集められた隊員の間に溜息が漏れた。張り詰めた気持ちが一気に崩れた様子であった。

それからしばらくは、訓練はするものの、無為な日々を過ごす。

三月二十七日、第二三振武隊の九九式襲撃機九機の出撃を見送った。出撃した隊員の中に特操一期生がいたので、出撃前夜、琢郎達は彼らと酒を酌《く》み交わした。その中の一人は琢郎と松海の横芝での顔見知りであった。もう一人は仙台本校だったので若干の操縦経験

99式襲撃機

があったようだ。特操は将校とはいえ先頃まで学生であったから、学生気分がどうしても抜けきっていないところがあった。

話は、学生時代に何を読んだかで盛り上がった。

「俺はトルストイが好きだったばい。『戦争と平和』なんか何度読んでも感動すっと」

「それを言うなら、俺は『アンナ・カレーニナ』だな。人間が慣《な》れることのできぬ環境というものはない。ことに周囲の者がみな自分と同じように暮らしているのが判っている場合はなおさらである」

「武者小路実篤《さねあつ》はトルストイに傾倒してたんや」

林業を専攻していた琢郎は文学には疎《うと》く、興味なさそうに茶碗酒を傾けていたのだったが、ふと飲んでいる手を止めてつぶやいた。

「武者小路実篤か……」

「どないした？」

「いや、中学の頃だったか、白樺派に染まっていた同級生が貸してくれた本が実篤だったんだが、家で机の上に放り出してあったその本を見た親父が、面白いことを言ってたのを思いだした」

「なんだ」

「たいしたことではないんだが。俺が生まれる前のことで、親父は営林局に勤めていて、その時は九州にいたんだが、そこに、実篤本人が自由村を作りたいから国有林を貸してくれと頼みに来たことがあったそうだ」

「宮崎県の自由村がそればい！」

「いや、親父はそんな訳の判らないことに貸すわけにはいかない、と言って断った、と言っていたけどなあ」

文学論はそれでおしまいになった。三人は辞世の言葉を書き記して宿へ帰っていった。

『後に続くを信ず』

と号作戦　上田陸軍飛行場　昭和二十年一月

沖縄に航空戦力を集中

一月十九日、陸海軍大本営は天皇に作戦計画大綱を奏上し全軍特攻を行う旨《むね》を説明した。ついで、一月二十九日陸軍中央部は「と号部隊仮編成要領」を発令、天皇の命令で戦闘する「戦闘部隊」とは別に、志願によって戦闘に参加する「特攻部隊」が編制されるようになった。「と号」とは、敵艦船攻撃のため必中必殺の攻撃をする体当たり攻撃のことである。そして、二月六日参謀本部は「と号要員学術科教育課程」を示達し特攻攻撃要員の育成に努め始める。

こうして、二月に入ると、上田飛行場でも特攻隊要員の訓練が始まった。訓練に来る特攻隊要員は、たいていはどこかの教育隊から十数名がやって来て、二週間ほど訓練して、いずこかへ去って行った。

特攻訓練は軍でも特別な扱いであるので、隊員に対しても別扱いだ。どこからかやって来て秘密で訓練し、また他の飛行場へ行って訓練する、といった具合である。彼らはごく限られた分教所の上層部から「と号飛行隊員」と呼ばれ、基礎訓練生とは別棟の兵舎で生活し訓練していた。

三月半ばになると、フィリピンは米軍の手に落ち、米軍が慶良間《けらま》列島へ上陸を始めると同時に、大本営は本土防衛作戦として「天号作戦」を展開した。本土防衛のために沖縄に航空戦力を集中する作戦である。陸海軍はこれまでにない大規模な体当たり特攻を始めるのである。

陸軍の特攻隊は台湾に配置された第八航空師団の指揮下にある「振武隊」を称する隊と、陸海軍の申し合わせにより、海軍連合艦隊の指揮下に入る「誠」を称する隊があった。「振武隊」は国内の、主に鹿児島県の知覧《ちらん》飛行場と、知覧の近くに急遽作った万世《ばんせい》飛行場から発進した。「誠」は主に台湾の基地から発進して沖縄へ行くのである。

沖縄戦においては、四月一日から米軍の怒濤《どとう》のような上陸が始まり、これに対応するように海軍は菊水一号作戦で約三百九十機を、陸軍は第一次航空総攻撃で約百三十機を投入して体当たり突入作戦を開始した。

教官　遊佐卯之助准尉――

薄暮と早朝の訓練

昭和二十年四月

三十度の角度で突入する

上田分教所の遊佐卯之助准尉は下士官ながら将校と同等の扱いとなる上級職を命ぜられ、操縦士教育の助教の任についている。また、営外勤務を命ぜられているので兵営外に起居し、結婚して家庭を持っている。

「第一航空軍で編制された特殊任務の隊のうち、一隊の半数五名を預かることになった。早速教育隊を編制し、受入準備を進めるように」

三月初めのことである。遊佐は教官室の机で教育訓練計画書の作成に没頭していた。計画書には「と号」と書いてある。特攻要員の訓練で、遊佐はその教育を命ぜられたのである。本校から送られてきた教育要領の内部文書を中隊長から受け取ったばかりであった。

遊佐は部下から三人の助教を選び出し、計画書の一ページ目に書き込んだ。それから、教育要領書から訓練内容を拾い出し、自分の経験から訓練内容を書き込んだ。地図を広げ、実際の訓練に適した空域を探し、いくつか候補を選んで地図上に記入した。こうして遊佐は主任教官に教育の趣旨を説明した。遊佐は一息ついてから静かに続けた。

「ここの飛行場での訓練は、降下攻撃、急降下攻撃及び水平攻撃がありますが、水平攻撃は海がないのでできません。ピスト（訓練指揮所）の前に目印の白い布を設けて、これを目指して急降下の訓練を行うのがよろしいかと」

遊佐は鉄拳を振るったり、竹刀を振り回して教え込むタイプの教官ではなかった。砲兵隊で満州に行ったこともあるが、熊谷陸軍飛行学校で操縦を学び、太平洋戦争開戦前に上田教育隊の助教になった。実践に即して論理的に丁寧に教えていくので、生徒からの信頼は厚い。

降下攻撃とは、高高度から一旦機を下げて三十度程度の角度で艦船に突入する攻撃法をいう。急降下攻撃は高高度から四十五度以上の角度で一気に艦船めがけて突入する攻撃法。相手に回航されたら成功する確率は低くなるので、他の二つの方法と比べると不利である。水平攻撃は高高度から高度を下げ、態勢を整えてさらに降下し、水面すれすれに艦船に接近して艦船の船腹に突入する攻撃法である。海がない山間地では訓練は難しい。

「先《ま》ず慣熟飛行でわが飛行場の周辺について知ってもらいます。また、敵機の攻撃を受けた時のために空中戦の訓練を行います。また、敵艦船に至るには相手に悟られないように払暁《ふつぎょう》（明け方）や薄暮に接近するとのことですので日暮れと明け方に飛行訓練、夜間飛行の訓練も行います」

遊佐は広げた地図上に、指で大きく輪を描いた。


中隊長の言っていた五人の小隊が九九式高等練習機に乗ってやって来た。練習機ではあるがオレンジ色ではなく、すでに灰色に塗り替えてある。

「特殊任務に就きます牟田芳雄以下四名、到着しました」

陸亜密一六七二号によって第一航空軍で編制された六十九個隊のうちの一つ第八一振武隊に所属する特攻要員達である。基本的に特攻隊は十二人で一個隊となる。他の隊員は別の飛行場で訓練をし、期日になったら知覧で合流するという。

早速、彼らの訓練が始まった。遊佐は慣熟飛行で彼らに訓練空域を徹底的に頭にたたき込ませた。小隊と言っても、様々な部隊からの寄せ集めである。空中勤務の年数も技量もばらばらである。一番未熟なのが特操一期生の牛渡俊治であった。彼にはベテランの助教を付けて別枠で訓練を受けさせた。

遊佐は慣熟飛行で上田の上空を飛ぶのは好きだった。千曲川が山間から平野に抜けてまた山間に消えてゆく。山々の何と柔らかなことよ。キラキラ輝く千曲川とそれを優しく抱きかかえるような山々。こんな美しい景色の中で殺伐とした訓練を繰り返すことに、何とも言えないやるせなさを感じていた。

選択肢のない人生

最初の訓練は機に二百五十キロの爆弾と同じ重さの模擬弾を付けて、実装機に慣れる訓練である。同じ練習機でも重量が重いと、たとえば離陸する時の滑走距離も相当長くなる。旋回するにしても遠心力が強くなる。また、沖縄までの飛行は、陸上と違って有視界飛行では無理なので、計器飛行となる。海軍は訓練を積んでいるが、陸軍ではあまり力を入れてこなかった。これも訓練で補強しなければならない。

続いて本格的な突入訓練となる。遊佐はピストで図面を広げながら訓練の要領を説明する。

「突入態勢に入る際の高度、敵艦との距離、降下する角度を体に覚えさせるように。今日は、降下突入の訓練である。高度一千二百メートルで飛行し、目標の手前約一千四百メートルから四十五度の角度で高度四百メートルまで降下し、三十から三十五度になるまで機首を起こし、敵艦めがけて突入する。この一連の攻撃態勢に入ったら、速度を上げるが、速度を下げ過ぎたり、突入角度が大きいと舵がきかなくなるので、注意すること」

図面には降下に入る位置から機首を起こす位置、敵艦に突入するまでの図式が描いてある。遊佐は図面の横に地図を広げた。上田市周辺の地図である。今いる飛行場の位置を指さし、

「ここから……こう、離陸したら左に旋回しながら上昇し、高度一千二百メートルで猫山の上空に至る。そこから機首を北に向け、飛行場に向けて四十五度の角度で四百メートルまで降下する。そこで三十度に機首をあげて突入の態勢に入る。飛行場内のピット（整備場）前の目印を目指して突入してゆく。地上では助教達が高度や進入角度の測定を行う。訓練機には自分を始めとして助教が後部座席に同乗する。なお、くれぐれも言っておくが、九九式高等練習機は低空飛行で急上昇すると失速するという癖があることを肝に銘じてお

くように」

訓練生は一斉に返事をすると、行動に移った。練習のための慣熟飛行は何度も行って頭にたたき込まれているから、呑《の》み込みは早い。遊佐を後部座席に、訓練生を前部座席に乗せた九九式高等練習機が砂利敷きの誘導路を地上滑走していった。


訓練を終えた隊員達にカルピスが配られた。うまそうに飲む姿を作業中の整備兵が横目で見ていた。遊佐の目が彼の機を整備していた整備兵の目と合った。

「うまそうに飲んでいますね。どんな味がするのですかね」

遊佐は返答に困った。

「何というか、甘いというか、スッキリというか……」

操縦者に対する待遇は、食事一つとっても地上勤務者と段違いに優遇されている。特攻要員に対してはさらに特別な待遇がなされていた。今更、そのことを説いても野暮なので、遊佐は静かにその場から立ち去った。


その夜、週番士官として勤務していた遊佐は、教育隊本部前で週番指令に異常のないことを報告し、格納庫を巡視し教育隊の事務室に戻った。週番士官は週番指令の指揮のもとに、軍の規律や風紀および兵舎内の規律を維持し、防火や防犯に努めるよう下位の週番勤務者を指揮するのである。

「午前二時に週番士官を起こすよう、不寝番に伝えて欲しい」

週番下士官にそう伝えて教官室に戻った。今日一日の訓練の成果を思い起こし、明日、指示する要点をノートにまとめていると消灯ラッパが鳴り響いた。午後九時、兵舎の電灯が一斉に消えた。寝台に入って、目をつむって妻の顔を瞼《まぶた》の裏に思い浮かべた。一人借家で夜を過ごしていると思うと、なんとなく不安になった。

その一方で、いま訓練している五人の顔がよぎって、釈然としない気持ちがわき上がってきた。彼らというか、今の我々は選択肢のない人生を生きている。そう思い至っているうちに眠りについていたらしく、

「週番士官殿。午前二時です」

の声に目が覚めた。

軍服に着替え、腰に軍刀を帯び、軍帽をかぶって、部屋を出た。兵士のいる内務班から下士官室、学生のいる内務班を巡回し、最後に特別室に入った。特別室は特攻要員だけの

寝室である。昼間の訓練の疲れから五人ともぐっすり眠っている。みんな間もなく死地に向かうとは思われない安らかな寝顔である。

月の光が窓から差し込む部屋で、遊佐はじっと立っていた。彼らの寝顔には国のために死んでいく運命を背負っているような気負いも、殺気も感じられなかった。むしろ遊佐がかつて所属していた満州の部隊の方が殺気だっていたのを思い出した。

特操一期生牛渡の少年のような寝顔を見ていると、遊佐は溜息をかみ殺し、静かに部屋を出た。

お前達だけを行かせない

いよいよ夕暮れと早朝の訓練が始まった。夕方起きて食事をして、暗くなりかけた頃に飛び立ち、ピスト前の目印目掛けて突入する訓練を繰り返し、一旦地上に降りて休憩した後、夜明け前に離陸して降下訓練を繰り返す。訓練生の後ろに必ず遊佐が同乗した。それは並大抵の神経では務まらない。真っ暗な空間では自分がどんな姿勢にあるのかさえはっきりしない。そんな不安定な状態で計器を読み、目標を確認して決まった角度で降下し、地上に追突する寸前で機首をあげるのである。

いずれも自分で操縦していれば、なんとでもできるが、操縦歴の浅い訓練生の操縦に身を任せるのである。ほとんどの助教が、訓練が続くにしたがってイライラが募《つの》り、大声を出してしまうのである。

古くなった飛行機の操縦桿を切ってきて、訓練機に持ち込み、訓練生の後ろからボカボカやるものまで出てきた。体調を崩し下痢気味になったものや神経がおかしくなるものまで出てきた。そんな中でも遊佐は決して怒鳴りもせず、丁寧に状況に応じた指導を繰り返していた。それは、後部座席に同乗した以上、自分の運命を訓練生に委《ゆだ》ねてしまっていたからであった。訓練生の操縦の誤りで死んでしまうことになれば、それは致し方ないこと、と覚悟を決めていたのである。

そんな遊佐であったが、機上で一度だけ大きな声を出したことがあった。それは真っ暗な空中で訓練生がおびえて、どうしても降下に踏み切れないでいた時のことであった。

「覚悟を決めよ！　覚悟を決めればそれが自信になる。自分は必ずお前達の後に行く。お前達だけを行かせない！」

別枠で訓練を続けていた牛渡も小隊に合流して高度な訓練に参加するようになった。四月中旬になって、いよいよ知覧に行く日が決まった。沖縄航空作戦の第四次航空総攻撃に参加するのである。

　基地内は異様に静かであった。格納庫の中では何人かの将校や兵隊が並んでいた。すすり泣く女の声が聞こえる。宮城県から来ている昭和十年入隊の大場の妻だという。他に幹部候補生の牟田、特操一期生の牛渡、昭和十一年入隊の松田、少年飛行兵十期の難波が直立不動の姿勢をとっている。上田分教所の幹部達と向かい合い、長机を挟んで別れの杯を交わした。遊佐は一人一人と手を握りうなずき合った。

「お前達だけを行かせない。必ず、後に続く」

　最後に穏やかに言って大きくうなずいた。

　五人は九九式高等練習機に乗り込んだ。五機のうち二機には整備員が同乗した。機は順番に滑走路から飛び上がり、上空を旋回して編隊を組んで西の空に飛び立った。これから岐阜の各務原《かかみがはら》飛行場に向かい、ここで一泊し、下関の小月《おづき》飛行場で整備員を降ろして、他の小隊と合流して知覧に向かうのである。

沖縄洋上に散る

　その夜、遊佐准尉は家に帰って風呂を浴び、食卓についた。昼夜逆の生活が続いたので久しぶりの帰宅であった。身重の若い妻がこまめに給仕をしてくれる。昨年暮れの空襲で、上田市内に居を構えておくのは危ないとの判断から、自分の機を担当している整備兵に頼んで疎開先を探してもらったのがこの家であった。窓を開けると一面が田んぼで、はるか先に猫山の鉄塔が見えた。妻は、鉄塔の上空を訓練機が飛来するのを見たり、鉄塔の方角で夜間に飛行するかすかな音を聞いたりして夫のことを思いやっていた。

「今日、旅立って行ったよ。隊員の一人は妻帯者だったようだ。妻帯者は滅多に号にはならないのに。どんな事情があったのか」

遊佐は昼間の光景を思い出して、独り言のようにつぶやいた。

「格納庫の片隅でいつまでもすすり泣いていたよ」

「死別するのが判っているのだから、連れて行って欲しかったのでしょう。その方は……」

妻がぽつりと言った。その言葉が遊佐の胸に深くしみこんでいった。

妻子ある者は特攻に応募しても多くの場合、隊員にならないケースが多い。これより後の話になるが、上田教育隊で訓練を積んだ少年飛行兵十三期の輿国茂が参加した第四五振武隊の隊長藤井一中尉は、妻と子供が二人いたため何度も志願したが聞き入れられなかった。

教育隊の教官として育てた少年兵を特攻に送り込んでいった責任から、自分も何としてでも特攻に行くべきであるという藤井本人の意思を知った夫人は、子供を連れて入水自殺し、ようやく藤井の願いが聞き入れられたという。

上田を飛び立って、知覧に到着した五人が所属する第八一振武隊は、当初予定していた発進日の天候が悪く、四月二十二日に延期された。

第四次航空総攻撃は海軍から第三御盾部隊の零戦八機と彗星二機が発進し、陸軍からは、知覧から発進した第八一振武隊の九九式高等練習機の他、第八〇振武隊、第一〇五振武隊、第一〇九振武隊等三十五機、四月十六日に発進するはずだった第七九振武隊一機が国分飛行場から発進し、沖縄西方の海上にある敵艦隊に向けて突入していった。

ただし、第八一振武隊のこの日の発進は十一機で、残る一機は二十六日に知覧を発進し、四式重爆撃機飛龍で熊本の健軍飛行場から発進した第一一〇戦隊と合流し、沖縄西方の海に散華した。

　その後も特攻攻撃要員が、いずこからともなくやって来た。その都度、遊佐が指導して訓練を繰り返し、やがて特攻部隊として編制された部隊へ帰って行った。その多くは少年飛行兵であったが、特操一期生ばかりの隊もあった。

　五月に入って上田飛行場からも五人の特攻隊員が知覧に向けて飛び立っていった。上田から出立に際して壮行会を開き、別れの杯を交わした特攻隊は合わせて二つであったが、たとえば、上田教育隊付で訓練した少年飛行兵十三期だけでも十人を超える人数が特攻で散華した。

父　山本琢郎——

八戸陸軍飛行場　昭和二十年四月

三千メートルから降下訓練

仙台にて九八式直接協同偵察機（略して「直協機」）を使用して基本操縦教育を実施するので、四月五日に仙台陸軍飛行場（霞目《かすみのめ》飛行場）に集結せよ、との命令が下った。

直協機は中国大陸の戦線で、偵察や観測を行いながら、機関銃や爆弾で地上に対する攻撃も行える目的で開発された、複座式・低翼単葉・固定脚の単発機である。離着陸に要する距離が短く、低速での飛行や操縦性も安定していて、エンジン故障も少ない上に整備もしやすいことから現場の部隊では好評だった。

操縦も容易だったので、この機をベースに練習機に改造されたのが九九式高等練習機である。ただ、直協機も九九式高等機も急上昇すると翼端失速を起こす欠点があった。

98式直接協同偵察機、略して「直協機」（写真提供：近現代フォトライブラリー）

琢郎達は仙台で二週間ほど滞在し、八戸飛行場に向かった。

四月十五日、八戸ではさっそく訓練が始まった。まず慣熟飛行で八戸飛行場周りの地形に慣れる必要があった。八戸飛行場付の下士官を後ろに乗せ、眼下の地形を把握する。仙台と同じように、飛び立つとすぐに海岸線が目に入る。結構、海岸線まで山が迫ってきている。ちょっとした平地に八戸の街があるといった感じ。やがて高い山が近づいてきてなお高度を上げる。真下が八甲田山。旋回を始めると、山に囲まれた大きな湖が見えてきた。後部座席の下士官が十和田湖であることを教えてくれた。

ゆっくり旋回していると、海が見えてきて高台にある飛行場がまるで浮かんでいるように迫ってきた。

慣熟飛行は三日ほど続いた。ベテランなら一日か二日で地形を把握できるが、経験が浅い特操生では難しいところだ。慣熟飛行が終わった翌日は、昼食後に睡眠を取ることになった。夕暮れからの訓練だという。

夕方に起こされ、早めの夕食を取らされて、訓練が始まった。

各班、まず地上組と空中組に分けられた。地上組はピスト前に敷かれた白い布の周りで、空中から降下してくる飛行機の角度を測って、突入角の角度を空中勤務者に無線で知らせるのである。訓練を受ける空中組の操縦士はベテラン空中勤務者を後ろに乗せて発進し、二、三千メートルの高度から、白い布を目掛けて順番に降下する。降下の仕方が悪いと何度でもやらされる。地上組と空中組が交代して、同じように降下訓練を続けるのである。九時くらいに訓練が終わると訓練成果の反省。真夜中になって食事を取らされ、夜明け前に飛行訓練が再開する。

他の隊員が朝食を取る時間に食事を取らされ、睡眠を取らされる。昼夜が全く逆の生活となった。

昼夜逆転で死が隣に

急降下訓練は特に難しい。急降下に入って姿勢が不安定な状態で正しい降下角度を保ち、訓練だから地上に激突する直前に機を引き上げる……ちょっと判断を誤れば、一巻の終わりとなる。

「馬鹿野郎！　俺を殺す気か！　お前と心中するなど、まっぴらじゃ！」

しょっちゅう後ろから怒鳴られた。

怒鳴る方は何年も訓練や実践を重ねてきた猛者《もさ》である。昨日まで学生で遊んできた者とはできが違う、という自負がある。だから彼らにとっては、特操出身者は、俺は選ばれた特攻隊員だというような態度をしているようで、我慢がならなかった。

そんな特操出身者でも、訓練をさせられる者達には、自分の置かれている立場がどういうものか容易に察しがついた。

「いよいよか……」

四月二十一日からは真夜中の飛行訓練が始まった。真夜中の零時から四時までの飛行訓練である。あたりが真っ暗な状態で急旋回や垂直旋回などを繰り返し行うのだが、後方席からの指示通りになかなかうまくできない。あたりが真っ暗だから自分がどんな態勢になっているか判断できない。水平になっていると思ったら、逆さまだったりすることはしょっちゅうだった。

昼夜が逆の生活に加えて、死と隣り合わせの状態が続くと、さすがにベテランでなくてもイライラが募り、神経がおかしくなってきそうだった。

五月三日、部隊長から操縦者全員に召集が掛けられ、汽車に乗って花巻温泉に連れて行かれた。花巻温泉の旅館の大広間に一同が整列した。部隊長が舞台の上から訓示を述べた。

「今日の情勢よりして、特攻隊としての出撃命令は必至である。諸子は必ずや立派な覚悟を有しているものと信じている。かりそめにも特攻隊員なりとの英雄的錯覚より粗暴な行為のなきよう……」

訓示が終わると、ベテラン組の何人かが列から抜けていった。

どうやら、一時帰省が許可されたらしい。特操出身者は訓練を休ませる訳にいかない、というのが上層部の考えであったようだ。

翌日からは後部座席にはベテランの搭乗がなく、同じ班の者の搭乗となった。

琢郎が前部座席に乗り、後部座席に大石が乗った。離陸を始めた途端、ガクンと傾き、そのまま滑走路脇に走り込んでいった。二人とも怪我はなかった。

機を降りてみると、片方の車輪がとれてなくなっている。整備兵が駆け寄ってきて、機を引っ張っていった。

結局その日は琢郎の訓練はなくなり、大石の機の後部座席に乗るだけで終わった。ただ、人が操縦する機の後ろに乗るというのは、かなり恐ろしいものだということが判って、ベテランがしょっちゅう怒鳴るのも無理ないな、という気にはなった。

三章
終戦の喪失

仲間達と（2列目右から3人目が父、山本琢郎）

母　洋子の手記――

出征していく若者達

昭和二十年　春

赤紙と接吻

春とはいってもまだ肌寒いお昼休み、いつものように一人で工場脇の土手で休んでいました。気付くと一人の少女が駆け寄ってきました。ワッと泣き出し、私の膝の上で身をよじらせて泣くのです。学徒動員で配属されてきた女学生で、特別親しくしていたわけではありませんが、たまに私を「お姉さん」と言って、甘えてくるのです。

「どうしたの、急に」

「とうとう来てしまったの、お姉さん。彼のところに赤紙が……今日の壮行会は彼のなの」

「ああ、そうなの。貴女《あなた》の彼だったのね」

「彼、行ってしまう。私、もう、どうしていいか判らない」

そう言うと、ふたたび声を上げて泣くのです。白いうなじが震えています。私は、しばらくそのまま、背中をさすってあげることしかできませんでした。やがて体を起こすと、しゃくり上げながら、出征して行く彼のことを話し始めました。

「私、彼と接吻《せっぷん》したの……」

大切な思い出を失いたくない、そんな感じでした。

「そう……いい思い出ができてよかったわね。これからの方が、長い日々を辛い思いで過ごさなければならないのよ。強くおなりなさい。お姉さんなんか、青春真っ盛りなのに独りぼっち。辛くて泣き出したい日々だけど、泣いてはいられないのよ。強くならなければだめよ」

昼休みが終わって自分の机に戻りましたが、私の手に少女の温もりがいつまでも残っていました。彼女のストレートな若々しさが羨《うらや》ましくもありました。

出征していく人達の壮行会は、ほぼ毎日のようにありました。

仕事が終わって片付けをしている時でした。工場長秘書の伸子さんが事務所に来て、私を手招きしました。

「一緒に帰りましょう」

そう言って、私の片付けを待ち、連れだって工場を後にしました。

「ねえ、今度のお休み、菅平高原《すがだいら》に行かない？　知っている子達が召集を受けたの。お別れを惜しんであげたいのよ」

歩きながら仲子さんがそう言いました。仲子さんを慕っている学徒がいることはたびたび聞いていました。

「私は……」

いろいろなことがあって、空蟬《うつせみ》のようになっていた自分でしたから、何事にも引っ込み思案になっていました。仲子さんのように戦地に行ってしまう学徒達に優しく接することは無理でした。それでも、仲子さんに強く勧められ、ついて行くことになったのです。

菅平高原にある試験場のお花畑でお花を摘《つ》んだり、散策したりしていましたら、一人の少年がコッソリと、

「お願いですから、あなたの写真をください」

と、言うのです。私は無理矢理約束させられてしまいました。

しばらくするとまた別の子が、

「写真をください」

と、ささやくのです。

そして帰り際にも、全く別の子が後ろから、

「あなたの写真をください」

と言ってきました。

私は、写真館で写真を撮ってもらって、それぞれに手渡しました。

ところがその翌日、三人が憤慨してやって来ました。

「返します。自分一人にと思ってお願いしたのに！」

返された写真を手にしたまま、しばらく呆然として立ちすくんでしまいました。そして、出征していく少年達に、思いやる心が足りなかったかと悔やまれました。


それからしばらくして、同じ課の技術職員の青年の送別会を開いた時に、

「君の心のこもった記念をくれないか」

と言われました。職場であまり口をきいたことのない人でしたが、一晩かけてマスコット人形を作ってあげたのですが、心がこもってないと、言われ、突き返されました。私は

寅年生まれで、寅といえば「千里駆けて、千里還る」と言って、千人針を集めている婦人のみなさんには大歓迎されていたのです。普通は一人一針しか結び目を作れないのですが、寅年生まれは年齢の数だけ作って差し上げられるのです。そんな私が一晩かけて作ったものを突き返され、さらに、その夜に上田城跡公園で逢いたいと言われたのです。怖いので、弟についてきてもらって自転車で出かけましたが、彼は現れませんでした。

玉音放送と無念の涙

それからもまた一人、また一人と、周りの若い人達が戦の庭に召されていきました。そんなある日、重大ニュースがある、というので工場の広場に集められました。真夏の太陽がジリジリと照りつける広場で、自分の影を見つめていました。若い男性の姿はほとんどありませんでした。雑音が多いラジオは聞き取りにくく玉音放送でありましたが、何を言っているのか判りませんでした。

放送が終わったと思われた時に、工場に配属されている将校が走ってきて、工場長に何か耳打ちしました。工場長は驚いた顔をして、やがて深い溜息をつきました。

そして皆の方に向き、

「戦争が終わりました」

と言ったのです。一瞬、広場は凍《こお》りつきました。

「終わった!?」

「本当ですか、本当に終わったのですか？」

突然、学徒動員の女学生達が泣き出しました。

「負けたのですか、日本は」

あるものは頭を抱え、ある人は座り込み、抱き合って支え合っている人や空を見上げている人……。

「明日から一体どうなるのだ」

「ここで働いていけるのか」

「これで、もう徴兵はなくなるのか」

中年の男性が大声で叫ぶと、結核で兵役免除になって肩身が狭いと、こぼしていた主任が、

「これからは大手を振って洋楽が聴ける！」

と、万歳をするのです。この瞬間に本性がむき出しになる人もいるのだ、ということを

知りました。私は無性に無念の涙が流れてきて、どうすることもできませんでした。

戦争が終わり、女子挺身隊も解散となったので市役所の仕事に戻りました。街の様子もずいぶん変わりました。繁華街には闇市ができて、復員してきた兵隊が兵服に戦闘帽という姿でうろうろしていました。

駐留軍のジープが走り回り、「ＭＰ」の腕章をした米軍兵が街中を闊歩《かっぽ》しておりました。私達のような若い娘は、外国人の前で歯を見せて笑ってはいけない、夜の外出はいけないと、親や職場の上司からきつく言われていました。それでも、職場では英語ができなければいけないと、英会話の勉強会が開かれましたが、成果はさっぱりでした。

戦争と女の人生

そんなある日、小諸近くの農村に疎開している友人が訪ねて来ました。以前、慰問隊として一緒に回ったことのある方でした。若い男の方と二人でした。

「地元の青年団が催し物をするので、踊りを教えて欲しいのだけど」

「いいですけど……」

「じゃあ、今度の土曜日から泊まりがけでお願いね」
「着物や扇子は？」
「あれば貸していただきたいのだけれど」
「じゃあ、お師匠さんに頼んでみる」

約束の土曜日。お昼に青年団の方がトラックに乗って市役所まで迎えに来ました。そのまま、お師匠さんの家で着物と扇子や小物を借りて青年団の集会所に行きました。集会所には二、三十人の男女が集まっていて舞台作りをしていました。舞台の裏方の係の人達が照明器具にセロハンを貼《は》ったり、背景の絵を描いたりしている横で、まず化粧の仕方や着物の着付けから教え始めました。

「お師匠さん」

誰かが私をそう呼ぶと、皆が「お師匠さん」「お師匠さん」と呼ぶようになりました。少し恥ずかしかったけれど、悪い気はしませんでした。その晩は青年団長の家でご馳走を頂き、泊めてもらいました。翌日は朝早くから踊りの特訓で、夜には本番です。村の人達がひしめくなかで日舞や歌謡曲に合わせて踊る新舞踏、寸劇などで大いに盛り上がり、戦争が終わって初めてというくらい出演者も見物客も大喜びでした。

それからは青年団の紹介で上田市の周辺の農村で催し物がある度に呼ばれて、指導に走り回っていました。帰りにはお米や野菜、卵などをどっさり持たせてくれましたので、我が家の食卓は賑やかになりました。弟は、

「オコたんは手品師みたいだね」

と言って大喜びでした。

そんな折、女子挺身隊として働いていた工場の事業部長の秘書だった千鶴子さんがはるばる私の家に訪ねてきました。彼女は海軍主計大尉だった父上が戦死されたため、戦争が終わっても学園に戻らずGHQに勤務していて、

「将校クラブで和服を着るので踊りを一つでもいいから覚えたいの」

と言うのです。

それから我が家で二日ほど特訓して、どうにか『さくら』を踊れるようになって帰って行きました。お帰りになる時、大切にしていた扇を思わずあげてしまいました。

彼女も戦争のために人生を変えられてしまった一人です。

華道の展示会場で知り合った女性からは、その方の母親とご自身共々未亡人になってしまったというお話を伺いました。

その方のお父様は戦争中に部隊長をなさっていて、一時帰国した時に部下だという若い軍人を連れて来て、その頃女学生だったその方と仮祝言を挙げさせたのだそうです。ご主人となった方はそのまま前線に赴き、お父上の部隊は全滅してしまったのだそうです。

真室川陸軍飛行場　昭和二十年五月

父　山本琢郎――

引き返すに当たっては明朗に

五月十三日、第三練習飛行隊（昭第一八九九七部隊）から布告が出た。隊付の将兵をもって、第二七三隊から第二九八隊までの二六隊を特別攻撃隊として編制する、というものであった。

琢郎ら六人は第二七五神鷲隊となった。

隊長　山本琢郎

隊員　大石克人、安倍義郎、松海孝雄、青木稔、後藤喜平

いずれも少尉で特操一期生である。

同じように、特操一期生だけで編制された隊は七つあった。特別攻撃隊要員に対して、『極秘　と号空中勤務必携』という冊子が配られた。表題の下には、

『吾《わ》れは天皇陛下の股肱《ここう》なり国体の護持に徹し悠久の大義に生きん』

とあり、続いて、

『と号部隊とは敵艦隊攻撃のため高級指揮官より必中必殺の攻撃を命ぜられたる部隊を言う』

『と号機とは右部隊に使用する飛行機を言う』

次の頁には、

『と号部隊の本領。生死を超越し、真に捨て身必殺の精神と、卓抜なる戦技とを以《もっ》て、独特の戦闘威力を遺憾なく発揮し、航行または泊地における敵艦船艇に邁進衝突をなし、これを必ず沈没させて、敵の企画を覆滅し、全軍戦捷《せんしょう》の途《みち》を拓《ひら》くに在《あ》り』

『先ず肚を決めよ而《しか》る後』

『任務完遂の為には精神的要素と目標に必達する機眼と技能とが必要である。これしかない』

『唯訓練あるのみ。訓練は聴く練る鍛える必勝の信念は千磨必死の訓練に生ず。飛躍せねばならぬ敵は時を待たない。最速に五輪書の境地にまで、至らしめよ』

『愛機と共に寝、共に飛び、共に死ぬ』

以下、部隊長の心得、訓練時の心得、攻撃は単独ではなく組織的に行うよう、そして敵機と遭遇した時の対処、中途から引き返す時の心得と続き、

『引き返すに当たっては落胆するな。明朗に潔く帰ってこい』

と続いた。

後は具体的な攻撃方法とか、気象学、敵艦の識別要領について書かれてあった。

と号要員となったこの日からの食事は銀シャリ（白米）となり、生卵が付くようになった。

「お前達が食べる一日の三食は、部隊の多くの兵隊達が辛抱して、食わせてくれているということを、しっかりと肝に銘じておくように」

食事が始まる前に、上官が訓示を与えるのであった。

発令のあった翌日、特攻隊要員全員が集合して万歳を三唱し、必死の覚悟を誓い合った。

後は、これまでと同じ訓練が続けられた。

五月十八日、訓練の合間に八戸の地元の人達が慰問に来た。

根城の人達が『えんぶり』を披露してくれた。『えんぶり』は、馬の頭をかたどった烏

帽子をかぶった太夫が種まきから稲刈りまでの一連の流れの所作を踊るもので、見ていて楽しいものであった。夜は、海岸に近い鮫町《さめまち》で宴会である。街の人達が赤飯や餅、八戸名物のせんべい汁などを持ち寄り、特攻隊要員達は、海猫が鳴きながら飛び交う景色を観賞しながら、大いに飲み、大いに舌鼓をうった。その晩は鮫町の旅館で久々の布団にくるまって、ぐっすりと寝たものである。

兄の戦死

翌日、特攻隊要員全員に外泊許可が出された。それぞれ郷里に帰って、それとなく最後の別れをしてこい、ということなのである。

転勤の多い琢郎の父の赴任先は、奈良県生駒郡富雄村であった。松海も奈良県の南葛城大正村、青木は大阪府の南河内郡平尾村、後藤は兵庫県の西宮なので四人で上野まで出
海道線の夜汽車に乗った。大阪駅で降りたが、駅は空襲で損害を受けて使えなくな
。四人は三日後に大阪駅で会う約束をして別れ、それぞれ郷里へ向かった。
焼け野原だった。地盤沈下が激しかった駅構内の迷路のように階段だらけの
んだ。富雄へゆくために地下鉄に乗った。隣に座ったおばさん同士が、

の空襲の時、未明に心斎橋の駅に逃げ込むと、走っているはずのない地下鉄が走ってきてそれに乗って助かった、という話をしていた。

「ほんまかいな」

相手の婦人は本当にしていない。

難波で降りて上本町から近畿日本鉄道に乗り換え、ゆっくり走る電車の中から焦土と化した大阪市内を眺めた。生駒トンネルを抜けて富雄にたどり着いた。帰宅といっても、琢郎にとっては初めての家であった。玄関で出迎えてくれたフクという娘は、名古屋にいた時からのお手伝いさんで、知っている顔が出てきたので少し安心する。座敷に上がって母親と対面した。母親の顔色がすぐれない。

「俊郎はこうなってしまったよ」

母が小さな白木の箱を琢郎の前に置いた。手にとって蓋を開けると紙が一枚入っていた。

『昭和十九年七月十八日サイパンにて戦死』

「今頃届いたのよ……あなたも、こうなるのね」

震えるような小声で話す小柄な母が一層小さく見えた。

「達郎も克郎もいるじゃないですか」

「俊郎はねえ、おかあ様に茶の湯の茶碗を買ってくれるって言ってたの。優しい子だったのに……」

飛行機乗りの兵隊さん

五月二十九日、中隊長から、第二七五隊と第二七六隊は先行部隊として山形県真室川《まむろがわ》への転進を命ぜられた。

その翌日に荷物をまとめ、直協機で真室川飛行場に向かった。

真室川教育隊では、訓練に備えて体を休めて来いと言われた。大石は、奥さんが列車で来るので、鶴岡近くの湯野浜温泉にある亀やホテルという老舗旅館で落ち合うことになっていると言い、琢郎達もそこへ行くことにした。湯野浜温泉は庄内地方では名高いリゾートで、中でも亀やホテルは江戸時代から続く由緒ある旅館である。

琢郎達が亀やホテルに着いたのは夕刻であった。ホテルの中は行楽客ではなく、東京などから疎開してきた人達でいっぱいであった。そこは軍のご威光である、たびたび高級将校達が利用するので、真室川の中隊から特別に予約してもらったら、あっさり部屋を取ってくれた。ホテルの扉を開けて中に入ると、大石夫妻がフロントで手続きをしてくれていた。その間、することもないので琢郎は将校行李を床に置いて立っていた。そこへ散歩から帰ってきた三姉妹が通りかかった。この三姉妹は両親と共に二週間ほど前から東京の青山の屋敷から疎開して来て、このホテルに滞在していたのである。屋敷は五月二十五日の山の手大空襲で焼失してしまっていた。

三姉妹の一人、谷玲子は、将校姿で凛々《りり》しく立っている琢郎を見て、思わず足を止めた。

「お姉様、どうなすったの？」

妹の美津子が、立ち止まってぼんやりしている姉に声を掛けた。玲子には美津子の声が届かなかったようだ。

「玲子さん、急ぎましょ。ヨシミさんがお夕食のお世話で待っていらっしゃるわ」

長姉の利子が掛けた声でようやく我に返り、二人の立っているところに駆け寄った。

「部屋は二つ取れたけど、一つは海軍の兵隊さんと相部屋になるが、いいかな」

大石が申し訳なさそうに尋ねるのを青木が制して、

「いいやないですか。な、山さん」

琢郎と青木が部屋に入ると、下士官が一人くつろいでいたが琢郎達を見ると、彼は慌てて立ち上がった。

「海軍一飛曹、吉田です。よろしくお願いします」

二人もそれぞれ階級と姓名を名乗って敬礼した。

「私は新潟から神町飛行場に行くために、本日はここに宿泊いたします」

「神町飛行場？」

青木が首をかしげた。

「お二方は真室川ですよね。神町飛行場は新庄のまだ先になります。東根町というところにある海軍の飛行場です」

聞くと、四月に鹿屋《かのや》基地から特攻隊機で飛び立つはずであったが、エンジン不調で出撃できなかったので、転属を命じられたというのである。飛行服が衣紋掛けに下げられていた。琢郎達は荷物をほどき、軍服を脱いできれいに畳み、浴衣に着替えて風呂に入りに部屋を出た。

　三姉妹はお風呂から上がると、夕餉《ゆうげ》の食卓についた。いつものように仲居のヨシミさんがつきっきりで世話をしてくれる。

「ねえ、ねえ、ヨシミさん。さっき、ロビーで兵隊さんを見かけたけど」

玲子が、席に着くや、声を掛けた。

「兵隊さん?……ああ、将校さん方ですがねえ」

「そう!」

「何でも、真室川の飛行場で訓練すてる飛行機乗りさんたぢだよ。特攻隊の人たちだどうよ」

「飛行機乗りの兵隊さん!」

玲子の目がキラキラと輝いた。

「玲子さん。お行儀が悪くってよ」

母親がたしなめる。だが玲子は収まらない。

「ねえ、ねえ、ヨシミさん。その方々とお話できないかしら」

「玲子さん、はしたないですわよ」

妹の美津子が母親の声色をまねした。

「お国のために命をかけているのだよ、兵隊さん達は。遊びのつもりではしゃいではいけないよ」

父親もたしなめる。

「遊びのつもりなんて、これっぽっちもありませんわ、お父様。大変な使命を負っていらっしゃるのですもの。お勉強させていただきたいだけですの」

「その方々がどうして特攻の人達って判るのですか」

母親が仲居に尋ねた。

「おらどものような高級ホテルさ軍のお世話でお泊まりになるだがら、生き神様だべ」

「ねえ、ヨシミさん。なんとかお話できないかしら」

「おらがお部屋さ訪ねてみんべが。その間さ食事すすめででくださいよ」

飛行服姿の絵を頼まれる

海辺の高級ホテルだけあって、海の幸が豊かに盛られた夕食に琢郎達は舌鼓をうち、杯を交わしてほろ酔い気分になっていた。そこへ仲居がそっと入ってきた。

「お食事中申す訳ね。ずづは、疎開でお泊まりになってるお客様が皆さんとお話すすてぇど言ってるが、いががだべが」

せっかくいい気分になっているところに、面倒くさい、という顔を三人がしたらしく、それを察してか仲居が付け加えた。

「若え娘《わけ》さんだげんど……」

「ええですよ！」

青木が即座に答えた。

仲居のヨシミさんが戻って、了解を得てきたことを告げると、食事はおおかた済んで、お茶を飲んでいるところであった玲子が仲居の手を取って、はしゃぐ。

「本当に？　行っていいでしょう、お父様」

「玲子一人では何だから、利子、お前がついて行きなさい」

当然言われるであろうと思っていても、そんなそぶりも見せずに、

「私が、ですか」

利子は、心の内とは逆に不服そうに答えた。

「お姉様方だけなんて、ずるい」

美津子が大げさに拗《す》ねて見せる。

「それじゃあ、三人で行ってらっしゃい。ほんとにお邪魔じゃないのですね、ヨシミさん」

「へえ。それはもう大丈夫だ」

三人は浴衣から洋服に着替え、玲子は日記帳として使っていた女学校の作文帳と色鉛筆を抱えて仲居の後ろに続いた。


「おばんです。お邪魔するっす」

仲居が三人の女の子を連れて入ってきた。三人は食卓の前に座って畏《かしこ》まった。

「こちらは姉の谷利子です。川村女学校五年生です。私は玲子、同じく女学校の二年生です。こっちは妹の美津子、初等部の六年生です」

青木はあんぐり口を開けたまま、三人を見ていた。思っていたより年齢が低かったようだ。初等部の六年生と言えば十一歳、高等女学校の二年生は十三歳、五年生でようやく十七歳。青木に限らず、三人とも、どう対応してよいか判らなかった。

「飛行機に乗っていらっしゃるのですか」

玲子が目を輝かせて尋ね始めた。

「はい。一応空中勤務者です」

琢郎が答えた。

「素敵ですね。空を飛ぶなんて。空から見ると地上ってどんな風に見えるのですか」

まさか明け方や黄昏時《たそがれ》、あるいは真夜中に突撃訓練ばかりしているなどと言えないので、曖昧《あいまい》に答えるしかない。

「南の島はいいですよ。真っ青な空と海。椰子《やし》の茂った島々が浮かんでいます」

吉田一飛曹がうまい具合に答えた。

「そや、ワシもフィリピンにいたことがあるんやけど、南の島はええなあ」

話が南の島へ飛んでいった。琢郎は外地に出たことがないので話に口を挟む余地がなかったが、現実の話から逸《そ》れていったので、少し安心した。

飛行服を触らせてくれ、と言われて、衣紋掛けからハンガーごと外して玲子の前に差し出した。

「これを着たお姿を拝見させていただきたいものですわ」

「飛行機に乗る時やないと、無理やね」

「それなら、これをお渡ししておきますので飛行服姿の絵を描いていただけませんか」

「だったら、山本隊長やね。隊長、よろしくお願いしますわ。ワシは南の島を描くさかい」

「皆さんでお願いしますわ。ぜひ！」

「特別な任務を負っていらっしゃると伺っております。できましたら、一言添えてくださいませ」

利子がしとやかに頭を下げた。

瞼に焼きつける

色紙や短冊などにいろいろ書いてきたが、絵を描けという要求は初めてだった。その晩は、三姉妹が置いていった作文帳を見やる三人であった。

一晩かかって作文帳に絵を描いた。絵と言うよりはマンガかもしれない。外地へ行ったことがない琢郎は鳥海山を望む飛行場をバックに飛行服姿の自分を描いた。青木は椰子の木が二本立っている南の島の上空を飛行機が編隊を組んで飛んでいる様を、吉田も南の島の沖合をゆく艦船とその上空に零戦を描いていた。吉田は沖縄や、台湾、フィリピンなどの地図を背景にした飛行服姿の自画像を描いていた。三人は大石にも上空を飛ぶ機動部隊の絵を描かせていた。琢郎と青木は筆で和歌を書いた。

『国の為散れと示せし神鷲の御跡慕いて我も行くなり　山本少尉』

『梓弓はるは来にけり千萬の君の御楯と出で立つ我は　青木少尉』

翌日、朝風呂から上がって朝食を済ませ、のんびりくつろいでいると、昨夜の少女が部屋にやってきた。皆でホテルの前の海岸へ行こうと言うのである。泳ぐにはまだ早い時期であったので、軍服に着替えて散歩のつもりでホテルを出た。ホテルの前で三姉妹が待っていた。

「お兄様と呼んでよろしゅうございますか」

玲子が進み出てそう言うと、いきなり琢郎の手を取って海岸に向かって駆けだした。亀やホテルの前の海岸は砂浜が広がっていて、波が静かに寄せては返っていた。冬の日本海は真っ黒で大きく荒れるが、この季節は比較的穏やかなことが多い。

三人は子供に返った気分で波打ち際で砂山を作ったり、波と追いかけっこをしたりして遊んだ。

お兄様、お兄様と言いながら無邪気にはしゃぐ玲子を見て、自分は男兄弟だから想像できなかったが、妹というのはこういうものかと、和《なご》やかな気分に浸る琢郎であった。

琢郎は浜から帰って、作文帳を玲子に渡した。玲子は作文帳に描かれた絵や和歌を何度も見返していた。

「明日朝早く出かけます。今日はありがとうございました」

琢郎が玲子に別れの挨拶をすると、ちょっと待って、と言って琢郎の前から立ち去った。しばらくするとホテルの絵はがきを手にして戻ってきた。絵はがきにホテルの住所と「谷利子、玲子、美津子」と、書いて琢郎に手渡した。

「きっとお手紙下さいね。どうか、どうかご無事で」

そう言うと、思い切るように琢郎の前から立ち去っていった。

翌朝早く琢郎達三人と大石夫妻が庄内交通の湯野浜温泉駅へ行くと、三姉妹が来ていた。三人とも目に涙をためていた。玲子からは嗚咽《おえつ》が漏れていた。姉の利子が玲子の肩を支えていた。

「しっかり見ておきなさい。目に焼きつけておくのよ。あの方のお姿を……」

玲子はうなずいて琢郎を見つめるのだが、とめどなく流れる涙で琢郎の顔を見ることができない。それでも必死で瞼《まぶた》に焼きつけようと見つめ続けた。やがて汽車が来て、琢郎は敬礼をして車中の人となった。

その夜、玲子は琢郎から受け取った作文帳にきれいな表紙をつけ、慰問用の中原淳一の少女の絵が描かれた絵はがきを貼って、大切に仕舞った。

玲子の淡い恋は幕を閉じた。

振武特別攻撃隊　天翔隊

昭和二十年六月

でんぐり返しの不時着

鶴岡で羽越線に乗り換え余目《あまるめ》に行き、余目から陸羽西線で山形県新庄に。新庄には琢郎達の泊まる新庄ホテルがあった。神町飛行場に向かう吉田と別れホテルに向かった。ホテルにはすでに体を休めた隊の連中が到着していた。

翌朝、ホテル前の広場に駐まっている軍用バスに乗りこんだ。

真室川飛行場からの迎えだ。バスはホテルを出ると、大きな松の並木道を走り抜けてゆく。道の両側には水田が広がり、その先にはなだらかな山裾が続く。三十分ほど走ると、遠くに大きな建物が見えてきた。飛行場の格納庫である。真室川飛行場に着いた。掩体壕《えんたいごう》（軍用機を敵機から守るために作られた格納庫）が飛行場を囲むようにして配置してあり、砂利道の誘導路の先に滑走路が延びている。その遥か先に鳥海山を望むことができる。

山形県真室川村は新庄市の北十キロほどにある。村の西から北にかけて出羽山地の山並みと、北東に連なる奥羽山脈の神室《かむろ》連峰に囲まれた盆地で、街の平坦部は鮭川と真室川が合流して南に広がっている。盆地特有の気候で、一日の寒暖差が大きい。

その日は、慣熟飛行で飛行場周辺を飛んだ。

真室川飛行場に着いたその夜は安久土《あくど》橋近くの料亭山水で宴が張られた。宴が盛り上がってくると、芸者が三味線を賑やかに鳴らしながら真室川小唄を歌い始めた。手拍子で盛んに盛り上げていたが、要領が判り始めると大声で合いの手が入るようになった。歌が終わると、誰かがもう一回、と叫んだ。

「うんだの。よぐ覚えなすって帰ってがっしゃい」

芸者はそう言うと、三味線をかき鳴らし始めた。

皆、新庄へ帰るバスの中では盛んに真室川小唄を歌ってはしゃいでいた。

翌日は突撃訓練の場所となる、酒田沖の飛島《とびしま》までの慣熟飛行である。真室川飛行場のほぼ西にある酒田まで飛び、酒田から北西方向に向きを変えると四十キロ先に飛島がある。平家の落人伝説のある島である。飛島の西千五百メートル沖に御積島《おしやくじま》があるので、これを敵艦船に見立てて水平突入の訓練をするというのである。

酒田上空まで戻って折り返し、飛島を目指す飛行を何度か繰り返した。酒田から二十キロほど南に飛べば亀やホテルの上空へ行くこともできるので、亀やの上で旋回すればあの子が喜ぶだろうと思いながらも、教官の指示で帰路につく琢郎であった。

真室川飛行場の滑走路を離陸する方向のすぐ正面に小山があった。これが離陸する時、邪魔になる。離陸して左に旋回していくと、眼下に真室川と鮭川が合流し、鮭川が一筋南に延びているのが見える。

その日、琢郎は大石の飛行機に同乗することになった。これまで何度か二人は同乗したが、どういうわけか二人が同乗すると何かしらの事故が起こった。

何か起きそうな気がしてふと嫌な気分になった。大石が滑走を始めたので、その思いを吹っ切った。小山が目の前に迫り、機首がぐんと上がって小山を越えて左に旋回を始めた時である。高度は二百メートル位であったか、プロペラが止まってしまった。それまでエンジンで震えていた機体がシーンとなった。惰性でグライダーの様に飛んでいる状態である。下を見るとまるで深い谷の断崖絶壁だった。

「不時着するぞ！」

「どこかできるところがあるか！」

「判らん」

「下は鮭川だぞ、川でもいいから突っ込め！」

「いや、河原みたいなところがある。砂州だ」

「よし、そこだ！」

機の高度はグングン下がる。

「おい！　橋がある。あの橋に足を取られるな！　でんぐり返るぞ！」

木の橋が迫ってきた。大石が操縦桿を思いっきり引いているようだ。機首がやや上向いた。木の橋が真下を通り過ぎたと見る間もなく、ものすごい衝撃に襲われ、でんぐり返しになったまま土手に突っ込んでいった。

自分を呼ぶ声で気がついた。風防は吹っ飛んでしまっている。

大石が操縦席から這《は》い出そうとしていた。空を僚友機が飛んでいるようだ。琢郎も這い出して、僚友機に手を振った。二人ともかすり傷程度で済んだ。

「お前と組むと、やっぱり事故が起こるな……」

二人が同時に口にした言葉がそれだった。

操縦席に桜の小枝

相変わらず昼夜逆転の生活を繰り返して二週間ほど経ったある日、東京の福生《ふっさ》飛行場へ行って特攻機の整備をしてくるよう指示された。十二機の直協機は福生に飛び、爆弾を装着する懸吊架《けんちょうか》を機体の腹に取り付け、爆弾の取り付け・取り外し、飛行機から落下させる要領を教わった。帰りの飛行機の中で、この機と共に突入していくのかと思うと、なんとも重たい気分から抜け出せないまま真室川に帰った。

福生には補助タンクを取り付けに、もう一度往復した。

新庄ホテルではたびたび近所の婦人会や世話役の人達が慰問会を催してくれ、手作りの料理や酒を振る舞ってくれた。時には、新聞記者が撮ってくれる、慰問会を催してくれた婦人会の人達との記念写真に収まったりしたのである。

六月十一日、琢郎達が早朝訓練を終えて、機の整備をしていると、部隊長が数人の部下を連れて慌ただしく飛行機に乗り込んで、飛び立っていった。聞くと、能代で訓練中に墜落事故が起きたらしい。それも訓練生一人の事故ではないらしい。数人が巻き込まれた模様だ。

翌日、帰ってきた部隊長の説明によると、春田少尉（特操一期生・熊谷相模校）が操縦し、増井少尉（特操一期生・熊谷館林校）が同乗した直協機が急降下攻撃訓練中に、そのまま地面に激突し、地上で角度測定中の下士官二名、ピストにいた隊長と数人の少尉が巻き込まれて八名が亡くなる大惨事であった。

新潟飛行場から空輸してきた飛行機が到着した。迎えた准尉が、降りてきた操縦士連中に、能代の事故を伝えていた。草むらに寝転んで煙草を吸っていた琢郎に気がついていない様子で、あたりにはばからない強い口調で准尉は語る。

「技術も伴わないひよこ連中が、特攻隊を吹聴するのを見ると腹が立つ。俺達が生命がけで運んできた飛行機を壊すだけで収まらず、優秀な大尉まで道づれにするとは何事だ」

「事故を起こしたのは特操か？」

「学窓から引っ張り出された連中を見ると虫唾《むしず》が走る。俺やお前のようなベテランが、特攻でございます、なんて誇示しているか。黙々と任務に励んでこそ、勇者だろう」

六月二十一日、第二七五隊と第二七六隊に前進命令が出た。

翌二十二日の夜には新庄ホテルで壮行会が開かれた。真室川から芸者を呼んで、盛んに真室川小唄を歌い続けた。二十四年生きてきて、最後に覚えた歌が真室川小唄となるのである。琢郎は手拍子を取りながら、何度も何度も歌い続け、仕舞いには歌を口ずさみながら酔いつぶれてしまった。

翌朝、四時頃から起き出して、それぞれ私物を片付けた。将校行李に詰めた私物を郷里に送る手続きを済ませ、このホテルで最後になる朝食をとった。

六月二十三日、真室川飛行場では初めての特攻隊を送ることになるので、小島部隊長が仙台から駆けつけ、真室川村長や小学校の校長、村の世話役といったお偉方が格納庫にしつらえた出陣式会場に顔をそろえた。

木製の長机を挟んで小島部隊長が十二人を前に檄を飛ばし、お偉方の壮行の挨拶と続いた。それが終わると真室川飛行場の下士官が、それぞれに配られた盃に酒を注いでいった。別れの乾杯を終えると、エンジンを起動してスタンバイしている機に乗り込むのである。操縦席には整備兵が飾った桜の小枝があった。みちのくとは言え、よくこの時期まで遅咲きの桜があったものだと、妙に感心する。

機が動き出した。先頭は琢郎の機である。雁行に三機ずつエプロンから誘導路に出て滑走路へ進む。砂利道の誘導路の片側に近隣の中学生や小学生、そして婦人会の人達が手に手に日の丸を打ち振り、万歳を三唱している。見送る人の中に大石少尉の奥さんの姿があった。大石少尉の思いはいかがかと思うと、琢郎はやりきれない思いを吹っ切ることができなかった。滑走路の出発場所に十二機がそろった。

整備兵が旗を大きく振った。十二機はうなりを上げて滑り出し始めた。つぎつぎに飛び立ち、飛行場の上空で旋回を繰り返し、各機が翼を振って真室川飛行場に別れを告げた。

神州不滅　山本少尉

その日の昼前に熊谷飛行場に到着した。とりあえず学校の校舎を使用している第五十二師団司令部に出頭した。教室のような部屋に通されると、黒板の前に若い参謀が立ってい

た。肩から胸に掛けて金色の飾緒《しょくしょ》を付けている。いかにも誇らしげに参謀飾緒をきらめかせながら、

「山本少尉、大石少尉、安倍少尉、青木少尉、後藤少尉、松海少尉。以上六名は第二七五振武隊を命ずる。目達原《めたばる》基地にて出撃に備えよ」

淡々とした事務的な口調で命令書を読み上げた。琢郎は恭《うやうや》しく命令書を受け取った。参謀は第二七六隊にも同様に隊員名を読み上げて命令書を伝達した。参謀が読み上げている間、背後の黒板を見ていた。一面、振武隊の編制表になっていて、ずいぶんあるものだなあ、と思いつつも、なんだかところてん式に出撃させられるようで、少しいらだってきた。

熊谷では十日ほど機の整備や点検が繰り返された。その合間に、松海と二人で上田に行ってみた。秋山社長の屋敷を訪ねると夫婦そろって歓迎してくれた。翌日、それまでに届いていた為替を渡してくれたので郵便局で現金に換えた。

汽車の時間まで間があったので、駅の近くの蕎麦《そば》屋で蕎麦を食った。蕎麦は信州に限る、と琢郎が言うと、うまいうどんが食べたい、と関西育ちの松海はしんみりと言った。

いよいよ熊谷を発つ時が近づいた。琢郎は真室川で部隊長から渡されたシルクのマフラーに日章旗を描き、

『振武特別攻撃隊　天翔隊　陸軍少尉山本琢郎』

と書いた。続いて、

『玉体盡忠《じんちゅう》　安倍少尉』

『必死撃滅　後藤少尉』

『碎身《さいしん》滅敵　松海少尉』

『必死必中　青木少尉』

『七生滅賊　大石少尉』

一人一人席を譲りながら筆を走らせ、最後に琢郎が、

『神州不滅　山本少尉』

と書いて締めくくった。天翔隊は小島部隊長が付けてくれた隊名であった。

目達原陸軍飛行場　昭和二十年七月

本土防衛戦

熊谷を出ると箱根上空まで飛び、西に進路をとった。途中敵機に遭遇しないかひやひやものであった。伊豆半島にさしかかると濃い雲に覆われ、雲の上にコースをとった。御前《おまえ》崎《ざき》にさしかかると雲が切れ、青い海面が見えた。一機、雲間から現れた。高度がとれなかったらしい。

浜松の飛行場にたどり着いて、機を点検する。高度がとれなかった僚友機は燃料漏れを起こしていたらしい。後部座席を改造して取り付けていた補助タンクに不備があったようだ。整備し直すために浜松に一晩泊まることになった。

翌日給油を終えて、奈良の大和飛行場に向けて出発した。

大和飛行場では琢郎は富雄村へ、松海は大正村へ、後の二人もそれぞれ故郷へ別れを告げに帰った。翌日は松海のふるさと大正村のお寺の上空で松海が旋回して翼を振るのを見

西往寺全景（写真提供：西往寺）

特攻隊員が使った座敷（写真提供：西往寺）

た後、上空で合流して給油地、加古川を目指した。

　山陽側は敵機に遭遇するおそれがあるので、山陰の米子飛行場を経由して佐賀の目達原飛行場にたどり着いた。

　七月二日であった。

　機を掩体壕に地上滑走で移動させて、中隊長に挨拶に行った。

「君達に参加してもらう予定だった沖縄戦はすでに終了し、出撃予定地の万世も知覧も空襲を受けて使用するのも難しい状態だそうだ。かくなる上は本土防衛であるので、命令があるまで訓練を怠りなく、心して待機すること」

中隊長室を出ると下士官が起立していた。宿舎へ案内するという。琢郎達六人は飛行場の北にある西往寺というお寺、第二七六隊の連中は飛行場の東にある北茂安村にある農家だという。それぞれ軍用トラックに乗せて案内してくれた。

死地に向かう時

西往寺は飛行場から十分あまり北に行ったところにあった。住職夫妻が迎えてくれた。

宿舎としてあてがわれた部屋は庭に面した八畳と十六畳の二間続きの、縁側のある立派な座敷だった。縁側に続く庭は築山を背にした池のある庭園になっていた。八畳の部屋には床の間がついていて観音像が描かれた掛け軸が飾られていた。書院には硯箱《すずりばこ》が置いてあった。十六畳の部屋で食事、寝泊まりし、書き物などは床の間のある八畳の部屋を利用するようになっていた。

住職と奥さんが入ってきた。奥さんが六人の前にお茶を出し、住職は手にしていた冊子のようなものを六人の前に置いた。

二つ折りにした半紙と、やはり二つ折りにした罫紙《けいし》数枚を紙縒《こよ》りで綴《と》じてある。

「ここに来られた方には書いてもらってますけん。隊の名前と、ご自身の官とお名前、本籍地、親御さんのお名前と住んどらす所、略歴。このようなかたちで……」

住職が差し出した冊子の表紙には、筆書きで、

『昭和二十年五月振武隊　国華隊』

とあり、一枚めくると『陸軍大尉渋谷健一』と書いてあるのが目にとまった。琢郎は、あっと声を上げた。

「渋谷区隊長殿もおられたのですか」

五人も冊子を覗き込んだ。

「知っとらすとですか」

「仙台飛行学校で区隊長でした。特操の助教です」

「操縦をいろはから教えていただきました」

と、松海が続けた。

「五月の末から十日ほどおらしたばってん、六月九日に万世飛行場の方に行きんさったと」

「渋谷区隊長殿には奥さんとお子さんがいらっしゃったはずですが」

「そぎゃんですたい。それに、奥さんは身ごもっておらしたけん、周りの人達も志願するのを止めたらしか。ばってん、どぎゃんしても聞かんかったらしかですよ」

身重の妻と、乳飲み子を残して渋谷区隊長はどのような思いで死地に向かったことか。

それを聞いて六人は深い溜息をついた。住職夫妻は座敷周りや、ここでの暮らし方について説明した後、部屋を出て行った。台所に基地直通の電話があり、炊事当番の兵隊が寝ずの番をしている、とのこと。琢郎は床脇の書院から硯箱を持ってきて墨をすり、二つ折りの半紙に、

『昭和二十年七月　振武隊　天翔隊』

と書いた。

そして、万年筆を出して自分の経歴を書いた。後に続いて五人もそれぞれ経歴を書いた。

書き終わった頃に住職が、紙の束を持って部屋にやって来た。

「先に来られた皆さんは一週間か二週間で出撃して行かれました。あなた方もいずれ出撃があるでしょうから、記念に何か書いて下さい」

そう言って色紙や短冊、半紙を差し出した。

それから夕食までの間、色紙や短冊に和歌を書いたり、半紙に寄せ書きをしたりして過

ごした。夕食後、住職がそれらを集めて本堂へ行き、脇壇の紙の束の上に載せた。

「先に行きんしゃった方々のですばい」

そう言って、手を合わせた。

マンハッタン計画の実施

六月に入ると沖縄は陸上での戦いになり、陸軍は第十次航空総攻撃を最後に沖縄戦への投入を諦めざるを得なかった。代わって、本土決戦に備える決号作戦を打ち出した。

一方、敵の連合軍は日本本土上陸作戦である「ダウンフォール作戦」を立てた。九州南部への攻略作戦である「オリンピック作戦」と、関東地方攻略作戦である「コロネット作戦」が計画されていたが、四月に死去したルーズベルト大統領に代わったトルーマン大統領が及び腰で、なかなか実行されなかった。これは沖縄戦で、米軍が投入した兵士の四割近くが死傷者となったことから、本土へ侵攻した場合の死傷者は百万人を超えるおそれがあると見込んだためであった。

それでも、「オリンピック作戦」が承認され、準備を進めていく過程で九州に集められている日本軍の兵力が、連合軍の兵力と同等程度であると見込まれ、作戦の実施に躊躇《ちゆうちよ》している間に、「マンハッタン計画」が実施された。
広島（八月六日）・長崎（八月九日）への原子爆弾の投下である。

八月二日に出撃命令が出るとの話があったが、すぐに立ち消えになった。

訓練は相変わらず昼夜逆転の生活を強《し》いるものだったが、燃料が不足気味になり、思うような訓練ができず、飛行場に行かずに時間をつぶす日もあった。

夏の日差しが強い、暑い日だった。琢郎は縁側でたばこをくゆらせ、松海が第二七六隊の一人から借りたというハーモニカを吹いていた。『赤とんぼ』のメロディーが心地よい。

「『赤とんぼ』の歌詞知ってまっか」

松海がハーモニカを止めて琢郎に話しかけてきた。知らない、と答えると、

「二番に、十五で姐やは嫁に行き、お里の便りも絶え果てた、というのがあるんや。あれは三木露風の小さい頃別れた母親の消息が聞かれなくなってしまった、という意味もあるんやそうや」

毎朝、本堂でお経を上げるのはお寺の息子だからというだけではなく、心根の優しい男なんだな、松海は。琢郎は松海の横顔をしばらく見ていた。松海はふたたび『赤とんぼ』を

吹き出した。

　庭の池沿いに住職の次女が歩いてきた。手にハーモニカを持ち、時折空を見上げていた。

二人に気がつくと、縁側に近づいてきた。

「ハーモニカの音がしたので……他の皆さんは……」

「散歩です。それ吹かれるのですか」

　松海がハーモニカを指さした。

「これですか。いえ、これ、もらったとです。ユキさんて方に。万世飛行場に行きんさる
時に」

「ユキさん……」

「隊の皆さんがそう呼んでおらっしゃったとです。荒木幸雄さん。十七歳。私と同い年だ
ったとです」

　そう言うと、庭を見渡して、

「とっても賑やかかん人達だったとです。自分達の隊に『ほがらか隊』って付けとらした。

集まると、いつも歌を歌っとらしたとです。隊長さんは物静かでおとなしか人でした」

　十七歳。琢郎の一番下の弟と同じ年だ。弟の克郎の顔がよぎった。

「明るい人達じゃったけん、ご近所の人達からも好かれとらした。ご近所どころじゃなか、遠くからもリヤカー一杯にお寿司や煮物などを積んで何十人も来んさったとです。なかには手を合わせて『生き神様じゃあ』言うて。慰問で歌ば歌ったり踊りば披露する人もおんしゃったバッテンが、隊の人達の一緒に歌う大声や、派手な踊りに、かえってこっちが慰問されたと恐縮しとらした。それでも、慰問に来られた人達が帰った後、手を合わせて感謝ばしとんなさった」

若いということは、何も畏《おそ》れないということか。自分達も覚悟はできているとはいえ、いざとなったらどこで失敗するか判らないと思うと、つい黙してしまう。

「それでも、出陣が決まった日の夜おそく、裏の墓地で大きな声で泣いていた人がおんさった……」

ほがらか隊

少年飛行兵　荒木幸雄――

体当たり攻撃の始まり

荒木幸雄が所属する第七二振武隊は、見送りの人達に囲まれて西往寺の庭先で一列に並んで水盃《みずさかずき》をうけた。その様子を佐賀新聞の記者が写真に収めていた。

荒木幸雄は一度海軍飛行予科練習生いわゆる予科練を受けたが、身体検査で不合格となり挫折した。一念発起して体を鍛え、陸軍少年飛行兵学校に合格した。琢郎が特操になった同じ昭和十八年十月一日、東京陸軍少年飛行兵学校に入校、短期養成操縦要員として大刀洗飛行学校で訓練を受ける。琢郎と同様に短期間で育成される第十五期乙種生徒であった。

昭和十九年三月に卒業。生徒として最高の栄誉となる『航空総監賞』を受けた。卒業後、彼は後に特攻隊員として待機することになる目達原教育隊に配属され、ここでも卒業する時に『航空総監賞』を受けている。

彼はこの後、第七二振武隊の隊長となる佐藤睦男中尉の引きで平壌の朝鮮第一〇一部隊・第一三教育飛行隊に所属する。


佐藤隊は平壌の南で海に近い海州《ヘジュ》飛行場で九九式襲撃機を使って跳飛攻撃の訓練に明け暮れる。跳飛攻撃はこの段階では体当たりではなかった。爆弾を超低空飛行で投下すると、水面に石を投げるとぽんぽんと跳躍して行く水切りのように、落下した爆弾が跳躍しながら敵艦船の吃水《きっすい》あたりに着弾するよう攻撃するという方法だった。これは高度な操縦技術を要する上に、恐怖心を克服しなければならないため、過酷な訓練であった。

やがて航空機による体当たり攻撃が始まったことが荒木達の耳に入るようになった。心の隅で「自分達もやがては」と思うようなる。


昭和二十年二月、平壌に帰ると錬成飛行隊の中隊長から、

「自分達の部隊でも特攻隊を編制する」

との訓示があり、少年兵一人一人が中隊長室に呼び出され「希望する意思があるか」を

確認された。一人残らず「希望する」と答えた。

彼らは内地に帰り、佐藤隊は三月に編制された六十九個隊の一つ、第七二振武隊となって待機した後、五月中旬、目達原へ出向いて来たのである。この時期の沖縄は梅雨で雨の日が多く、特攻機の出撃もできない状態が続いたので一週間ほど目達原で待機し、五月二十五日、鹿児島の万世飛行場へ出発した。

ほがらか隊

荒木達は万世飛行場で出撃前の記念写真を新聞記者に撮ってもらった。笑顔で子犬を抱いている少年飛行兵達の写ったその写真は、笑顔の奥に何があるかを考えさせるものだった。

万世飛行場は知覧飛行場の近

くにあって、急遽、秘密裏に建設されたものだった。滑走路も十分整備されていなかったので、固定脚の飛行機しか離着陸できなかった。

第七二振武隊は五月二十七日に万世飛行場から出撃し、沖縄沖五十キロで駆逐艦に突入した。

父　山本琢郎――

渋谷大尉

昭和二十年八月十一日

超低空飛行で突入

琢郎達が寄宿している西往寺が、盂蘭盆会《うらぼんえ》の時期になってきたので座敷を空けて欲しいと申し出てきた。そこで宿舎を、基地の北東に位置する北茂安村の民家に移した。

新しい寄宿先に越したその日、昭和二十年七月二十八日、目達原飛行場が空襲を受けた。

空襲で受けた被害の片付けも区切りが付き、飛行機の手入れをしていると、カメラを持った男が近づいてきた。腕章に『佐賀新聞』と書いてある。

「飛行服姿の写真をお撮りしましょうか」

琢郎が断ると、松海が、

「ええやないか。せっかくだから撮ってもらお」

他の四人を呼び集めた。

撮影するのにちょうどいい場所を探しながら、琢郎は新聞記者に尋ねた。

「これまでも出陣した人達を取材しているんですか。それなら渋谷健一大尉のことはご存じですか」

「社に戻れば、記事になったものがあるはずですから調べてみます」

数日後、新聞を持ってその記者がやって来た。

「渋谷さん、出撃した六月十一日に男の子が生まれんしゃったとですばい」

新聞を広げた。西往寺の境内で世話になった人達と一緒に写した隊員の写真が掲載されていた。万世を出陣して沖縄で多大な成果を挙げたことが書いてあった。記者は、琢郎に新聞を手渡すと、今日赴任するベテラン操縦士を取材してくる、と言って兵舎に向かって小走りで去って行った。


琢郎はその夜、西往寺の住職に宛てて礼状を書き、礼状のなかで渋谷大尉のことにも触れた。この日、八月十一日は軍事関連工場などが多い鳥栖《とす》が空襲を受けた。

父に会いたくば空を視よ

渋谷大尉率いる第六四振武隊国華隊は昭和二十年四月一日、鉾田教導飛行師団で編制され、福島県の原町飛行場で昼夜を問わず体当たり攻撃の訓練を積んだ。訓練は仙台湾の島々を敵の艦船に見立て、四千メートルの高度から二千メートルまで急降下して水平飛行に入り、一度減速して目標を確認する。

敵艦船の二千メートル手前で高度を二十〜三十メートルになるように落とし、超低空飛行で突入、最後に一気に操縦桿を前に倒して激突するという、かつて鉾田教導飛行師団からの特別攻撃隊『万朶隊』が訓練していた跳飛爆弾攻撃に通ずるものであった。

第六四振武隊は鉾田教導飛行師団長から『国華隊』と命名された。五月二十六日、出陣式を行った後、垂直尾翼に桜の花と射られた矢を描いた九九式襲撃機に乗り込んで、隊員達は飛び立った。

垂直尾翼の絵は慰問に訪れた女子学生達が描いた。桜は散り際が見事なことから特別攻撃隊を意味し、矢は一度放たれたら戻ってくることがない有様を意味していた。原町飛行場を飛び立った後、大阪の大正飛行場を経て目達原飛行場に到着した。

そして六月九日に鹿児島県の万世飛行場に前進した。到着した翌日の六月十日に渋谷健

渋谷健一大尉の家族写真（写真提供：西往寺）

一三十歳は大尉に進級した。国華隊は三つの小隊に分けられ、第一、第二小隊は沖縄・中城湾《なかぐすくわん》内の敵艦隊攻撃を、第三小隊は嘉手納《かでな》湾内の敵艦船攻撃を命ぜられた。六月十一日夕刻、第三小隊から五分おきに発進していった。

彼らの乗った九九式襲撃機はノモンハン事件の頃にできた、中国大陸での対地戦車用の旧式で、速度は出ないし、航続距離も短い。口の悪い連中は『空飛ぶ棺桶』と呼んでいたが、特攻には一番多く使われた。

実際には、万世飛行場から最後の特攻出撃となったのがこの国華隊であった。

渋谷大尉は、長女倫子と、もうすぐ生まれてくるであろう次子にあてて手紙をしたためている。勝敗は神のみぞ知る、父は死ぬけれども滅びるのではない、悠久の大義に生きるのである——そしてこう続く。

「父恋しと思はば空を視よ。大空に浮ぶ白雲に乗りて父は常に微笑《ほほえみ》て迎ふ」

「素直に育て。戦ひ勝ても国難は去るにあらず世界に平和のおとづれて万民大平の幸を受ける迄《まで》懸命の勉強をする事が大切なり」

「戦時多忙の身にして真に母を幸福に在らしめる機会少く父の心残りの一つなり。御身等成長せし時には父の分迄母に孝養尽くせるべし。之父の頼なり」

松海機墜落

昭和二十年八月十三日

後に続くを信ず

朝霧が飛行場を覆っていた。この日は払暁訓練であった。特攻機が敵機に襲われた時を想定し、敵の銃撃を躱《かわ》して逃げる訓練であった。五機が上空で旋回しながら訓練の順番待ちをしていた。松海の機は不調で飛べないので、琢郎の機を使っていた。順番に降下して敵機役の機から逃げていた。

やがて松海に順番が回ってきた。最初の攻撃を躱して態勢を整えようと左に旋回したが急旋回しすぎて錐揉み状態になった。高度一千五百メートル。上空の皆がまずい、と一瞬思った。

「早く態勢を立て直せ！」

やがて水平錐揉み状態になって、機影は朝霧の中に消えた。

「大変だ！」

全機が降下し、朝霧の中を飛び回って松海機を捜した。そして全機、とにかく競うように滑走路に降りた。

「松海機が落ちた！」

大石が地上で待機していた琢郎に叫んだ。ピストからも待機中の操縦士が、何事かと出てきた。

琢郎達はトラックに飛び乗り、墜落したと覚しき場所めがけて門を出た。そこには一面、水田が広がっていた。一キロほど北の水田から煙が上がっているのが目に入った。トラックはその方向を目指して走った。

　機が逆さまに田んぼのなかにめり込んで、完全にひしゃげていた。近所の人が何事かと集まってくる。

「松海！」

　トラックから飛び降りると穂を付ける寸前の稲をかき分けて機に駆け寄った。四人が続く。風防が吹っ飛び、機首は地面にめり込んでいた。機体はくの字になって、主翼がちぎれていた。続いて到着したトラックからも整備兵や兵隊が降りてきた。

「松海！」

　操縦席の前部にのめり込んでいる飛行帽を摑んで引き起こす。

　計器盤が血だらけになっていた。飛行服を抱きかかえようとするが、中身がぐちゃぐちゃになってしまっていることが判った。

　それでも五人で力を合わせて操縦席から引っ張り出した。

「火がつくと危ない。さっさと離れろ！」

　誰かが叫んだ。

「トラックに乗せましょう」

整備兵が叫んだ。

荼毘《だび》の準備ができたのは日が落ちてからだった。読経が始まるなか、井桁《いげた》に組んで積み上げた木に火がつけられた。

翌日の昼に火が収まり、五人で遺骨を骨壺に納めた。絹のマフラーに骨壺を包んで寄宿先の民家に帰った。松海の遺品を片付け始めた。将校用行李を開けて風呂敷包みを持ち上げると、行李の底に折りたたんだ半紙の束が目にとまった。手にとって広げると、

『後に続くを信ず』

壬生で一緒に酒を飲んだ特操の同期生が残していったものだ。

「あいつ、こんなものを持っていた」

琢郎は、誰に言うともなくつぶやいた。

「あいつ、俺の飛行機を持って行ってしまったが、俺はあいつが乗るはずだった機でも赤トンボでも何でもいい。必ず後に続く」

「よおし、待ってろよ、松海」

安倍が拳を突きあげた。大石も続けた。後藤、青木と続いた。

「明日にはきっと出撃命令が出るはずだ」

終戦　昭和二十年八月十五日

いよいよ、一億玉砕か

ピストは咳《せ》き込むほど、たばこの煙でもやっていた。

「いつ出撃命令が出るのでしょうかね」

青木が一昨日、隼に乗っていた操縦士に尋ねた。操縦士は准尉であったが、中隊長と共に台湾で戦った歴戦の勇士であることから、敬意を込めての口の利き方であった。操縦士の答えを遮るように伝令が飛び込んできた。

「本日正午に、天皇陛下からの玉音放送があります。十一時五十分までに飛行隊本部に集合です」

みんな顔を見合わせた。

「天皇陛下が直々にお言葉を……」

「開戦の詔書以来だなぁ」

「いよいよ、一億玉砕か……」


飛行隊本部の講堂で、全将兵が固唾《かたず》をのんでラジオに注目していた。雑音のなかから天皇陛下の声が聞こえた。

「朕《ちん》、深く世界の大勢と帝国の現状とに鑑み、非常の措置をもって時局を収拾せんと欲し、ここに忠良なるなんじ臣民に告ぐ……」

雑音が多く聞き取りにくいが、将兵は懸命に聞き取ろうと耳を凝《こ》らしていた。

「……国を挙げて一つの家族のように、子孫ともどもかたく神国日本の不滅を信じ、道は遠く責任は重大であることを自覚し、総力を将来の建設のために傾け、道義心と志操（守って変えない志）をかたく持ち、日本の栄光を再び輝かせるよう、世界の動きに遅れないように期すべきだ。あなた方臣民は私のそのような意を体して欲しい」

ラジオの放送が終わった。一同しんとして、しわぶき一つ上がらない。

「どういうことだ……戦を終えるということか……」

小さなつぶやきが広がって、講堂の中は大きなざわめきでいっぱいになった。

「静かに！　静かに！　静かにせよ！　ただ今より、飛行隊長のお言葉がある」

私語が収まるのを待って、飛行隊長が口を開いた。

「天皇陛下の御聖断は下った。無念であるが……」

「無念であるが」の意味を汲み取ったか、ほとんどの将兵は呆然と顔を見合わせていた。

「ついては、かしこき御聖旨を奉じて、軽挙妄動を慎み、世界の列強を相手に戦った皇軍の最後を立派に全うして、敗れたりとはいえども、正々堂々と敵の武装解除を受けなければならない……」

茫然自失として聞いていた琢郎だった。

「……祖国を再建して……亡き戦友の英霊と先祖に対する、生き残った者の責任である。諸君達は長い間軍務について、ご苦労であった」

飛行隊長はそう言って訓示を締めくくった。琢郎の周りのあちらこちらから、すすり泣く声が上がっていた。何故、泣いているのか、琢郎には意味が判らなかった。

その後、兵隊と軍属が集められ、

「旅費を支給するので、即刻郷里に帰るように」

と指示された。それ以外の士官や下士官達は、荷物をまとめに兵舎に戻っていく兵隊達を呆然と眺めるだけであった。兵隊達がいなくなると、残った者は直《ただ》ちに集められ、「敵の軍隊が武装解除に来たら、武士の意地を見せつけてやるために、飛行機はむろん武器、弾薬など基地内のものを立派に整備するように。皇軍の名にかけて実施せよ」と言われた。その後、整備担当の下士官が集められて出て行った。

夕方、五人は悄然と寄宿舎に帰った。松海の遺骨が入った壺が文机の上にぽつんと置いてあった。琢郎の目に涙があふれ出た。大石の目にも、青木の目にも、後藤は嗚咽し、安倍は号泣する。泣く以外、することが見つからなかった。

翌日から基地内の整理が始まった。軍から軍人であった証拠を隠すように指示された。あちこちで、穴を掘って軍刀を埋めたり、飛行機乗りとして記録をつけてきた手帳を焼いたりしていた。

琢郎はいつの間にか営庭を抜けて格納庫に向かって歩いていた。格納庫の横に飛行機の残骸が置いてあった。松海が墜落した残骸であった。

零戦が一機、飛来してビラをまいて飛び去った。本土決戦を呼びかけるビラだった。松海が呼んでいるような気がした。エプロンに飛行機が並んでいるのが目に入った。ふらりと近づいて気がついた。どの飛行機もプロペラが外されていた。

自決しないように見張れ

「山本はどこへ行った？」

大石が安倍に尋ねた。

「さっきまでそこで身の回りのものを片付けていたが……後藤、お前見なかったか」

四人は基地の中を捜し回ったが、どこにも琢郎の姿はなかった。そのことを飛行隊長に告げると、

「それはまずい。万が一のことがある。寄宿先も含めて手分けして捜せ」

大石と青木はトラックで寄宿舎に戻った。

「さっき、ふらりと帰ってきて、また出て行きましたよ……そういえば軍刀をもってた」

と言う寄宿先のおばあさんの答えに二人は顔を見合わせた。

「まさか、自決！」

二人はかけ出した。急いでトラックに乗ると、

「どこへ行くと思う？」

「田んぼの真ん中じゃないだろう」

「だとしたら森の中？　山の中？」

「いつもお参りに行ってた神社があったよな、寄宿してた屋敷の近くに」

「とりあえずそこに行ってみるか」


境内にある森の木立には、切れ目のように入り込んでいる細い石段があり、その前で子供達が遊んでいた。

「坊主達。このあたりで将校さんを見かけなかったか」

「うん。さっき、こん石段ば登って行かれたばい」

二人はトラックから飛び降りて、石段を駆け上がった。陽は高いが、うっそうと茂った森の中は薄暗かった。蟬《せみ》が降るように鳴いていた。石段の途中の石の鳥居をくぐった。さらに石段を登った。登り切ると小さな広場があり、突き当たりにお堂があった。お堂の基

壇に琢郎が抜き身の軍刀を手にして座っていた。

「山本！　待て！」

「早まるな！」

二人が琢郎に飛びかかって、軍刀をもぎ取った。

琢郎はぼうっと二人を見るだけで、抵抗しなかった。

青木が琢郎の腰から軍刀の鞘を取り外し、刀を納めて肩に担いだ。二人で琢郎を支えて石段を下り、トラックの助手席に乗せた。

琢郎を挟み、大石が運転した。琢郎の気持ちが判る二人は、あえて詰問しなかった。

基地に帰って飛行隊長に報告すると、飛行隊長は、うん、とうなずいたきり何も言わなかった。

飛行隊長室を出る時、青木が呼び止められた。

「山本はいつ自決するか判らん。他の者と一緒に挙動をしっかり見張り、決して山本一人にするな」

八月十七日、五人は飛行隊長に呼び出された。

「将官は武装解除の準備をし、敵軍を受け入れる準備をすべきだが、お前達は山本を連れてここを出よ。言っておくが、お前達特攻兵は捜索を受けて迷惑を掛けるかもしれないから、郷里には帰るな。明日付で召集解除を命令する」

飛行隊長はそう言った。そのまま引き下がって、兵舎に戻り復員するに当たっての支給品を受け取った。中には地下足袋《たび》、乾パン二袋、米一升、それに封をした小さな瓶が入っていた。小さな瓶は捕虜になった時に死ぬための青酸カリだという。

寄宿先の民家に戻って、軍服や軍帽を焼くと着るものがなくなるので、落下傘を差し出し、何か着るものと取り替えてくれ、と頼んだ。おばあさんは駆けだしていって近所を回り普段着を集めてきてくれた。

五人は故郷へ帰る準備を始めた。

「どこかへゆくにしても金がない」

安倍が情けない声で言った。

「山本、お前はどこへ行く?」

大石が尋ねた。

「世話になった人がいるから、上田にでも行こうと思う」

「だったら、俺も上田に行く」

青木が言うと、後藤が、

「じゃあ、俺も上田に行くよ」

二人は、琢郎が自決しないように見張るつもりで、そう言った。

教官　遊佐卯之助准尉――

上田飛行場

昭和二十年八月十八日

妻を連れて行く

上田飛行場では昼夜を問わず、黒煙が何本も上がっていた。基地内の軍に関する書類や備品を集めて、燃やしているのである。夏の強い日差しの中で、ガソリンをかけて燃やす作業は大変だ。衣服に燃え移って大やけどをした者もいた。

近所の人達の中には、飛行場に忍び込んで飛行機の車輪等を持ち帰る者が何人も現れたが、止める者はいなかった。ただ、自分の役目として焼却作業を黙々と続けるだけであった。

遊佐も、踊る炎を避けながら、何冊にもなった飛行手帳を一枚一枚破って火にくべていった。熱い。狂ったように燃え上がる炎が、ついこの間まで訓練して出陣していった教え子達に見えていた。遊佐の心は決まっていた。

「お前達の後を追う」

焼却の対象は無限にあるような気がしたが、自身に関係のあるものについてはきりを付けたつもりで、帰路についた。


家に帰り着いたのは陽も暮れてからであった。

「夕食はいらない」

食卓に並べた夕食を見て、妻にそう言った。妻は、判りました、と言って夕食を下げ、食物をゴミ箱に捨て食器を洗った。夫が夕食を摂らないのは「いざという時に食べたもので見苦しい状態にならないようにするため」だと妻は理解しているようだった。家の中はきれいに片付いていた。これまで、何度か「自分は教えた者達のところへ行くが、お前は残れ」と言ってきたが、妻は、連れて行ってくれ、の一点張りだった。

終戦の日、遊佐は決心した。そこまで言うのなら、と。その時、父母に宛てて遺書を書いた。二十歳の若き妻がこの世に残ることを潔しとせず、また、この世に生を享《う》けてわずか二十数日後の乳飲み子を、自分達が亡き後、この子が飢えて死ぬより、連れて行くことに決した旨を切々と書き残していた。

二人はそれぞれ遺書をしたため、遊佐は、特攻として散ること無く死んでいく悔しさを詠んだ辞世の句など四つの歌を残した。

夜半、三人は連れだって猫山の訓練中に目標にしていた鉄塔へ向けて歩いて行った。妻が、いつも見ていた猫山の鉄塔が良いと言うのである。

翌日、近所の中学生が、遊佐一家が自決しているのを見つけた。遊佐は作法通りに割腹しており、妻は乱れぬように足を縛って首を突いていた。

遊佐准尉の辞世の句
特攻の花と散る日をまちしかどときの至らで死する悲しさ

四章 生きのこる

昭和20年3月　小島部隊（三練飛）編制　壬生にて（写真提供：大石克彦氏）

父　山本琢郎――

基地解散式

昭和二十年八月二十三日

生きていく意味

特攻隊員の生き残りの有りようは様々であった。琢郎達のように出撃しないまま終戦を迎えたケースもあれば、悪天候や飛行機のトラブルなどで実際に出撃したが帰還せざるを得なかったり、出撃できなかったり、あるいは死ぬのが怖いといった心理的要因で折り返してきたりなど。

そのためか、生き残ったまま終戦を迎えた特攻隊員の身の処し方も様々であった。

十八日、琢郎と青木と後藤の三人は、寄宿先を辞するに当たって、松海の遺族がお骨や残したものを取りに来たらよろしく頼むと言い置き、目達原基地の解散式に臨んだ。大石と安倍とはここで別れた。

鳥栖から乗った汽車はぎゅうぎゅう詰めであった。特急や急行は廃止されていたので時間はかかり、加えて運行打ち切りになったりするので何度も乗り換えなければならなかった。ただ、戦時中のように空襲や機銃掃射で停止せざるを得ない状況はなくなった。

三人は五日がかりで上田にたどり着いた。駅から上田飛行場のある方角を見ると大きな黒煙が何本も上がっていた。とりあえず上田を立つ前に寄宿していた秋山邸に向かった。

「まあ、よくご無事で。とにかくお上がりなさいな。お風呂わかしますから」

奥さんが歓待してくれた。松海と使っていた離れ家に案内され、くつろぐように言って出て行く奥さんを青木が追いかけて、声を潜めて言った。

「実は松海が墜落事故で戦死したんですわ……」

「あら、まあ！」

「それで、山本が自決しようとしたんです」

「じ　け　つ？」

しっ、と言って、青木が腹を切る仕草をすると、奥さんは口に手を当ててうなずいた。

「で、彼はいつまた、自決しようとするか判らへんので、こうしてついて来たんです」

なるほどというように大きくうなずく奥さんに、さらに声を潜めて耳元で、

「ですから、ここにいる間は、奥さんも注意して見ていて欲しいんですわ」

と言った。

その晩、主人の秋山が三人を前にして、

「私の会社は戦争中には上田飛行場に大変お世話になりましたが、戦争が終わって飛行場もどうなるか判りません。それで、農業や林業に絞って会社を立て直していこうと考えております。お三方にはそれぞれご事情がおありでしょうが、ついては、皆さんに私の会社のお手伝いをしていただきたいのですが、いかがでしょうか」

琢郎は、ぼうっとうつむいていたが、青木と後藤は顔を見合わせた。

「私は大阪専門学校（現近畿大学）の法学部を出てますが、お役に立てるのであれば」

と、青木。後藤も、

「自分も大阪専門学校で商学部です。商売のお役に立てると思います」

「山本。お前はどうする。そうか、営林局に帰れるんだったな」

後藤がそう言うと、青木が、

「山本。お前一人では心配や。俺達と一緒に、ここで働こやないか。三ヶ月でもいい。一人でやっていけるようになったら、営林局に戻ればいい」

そう言って琢郎の肩を叩いた。

見守られて　昭和二十年十一月

亡き友の声を聴く

秋山の会社で働き始めて三ヶ月が過ぎ、三人は正式な社員となった。琢郎は、それまで嘱託扱いであった営林局を正式に退職した。琢郎と松海が軍人として寄宿していた離れを改修して一階を事務所にした。二階は社長室と応接室である。工場は少し離れたところにあった。三人はこの工場に付属する寮に職工達と一緒に住んでいた。

三人と同年代の社長の一人息子が専務、警察官だったが召集されて警察官をやめ、復員してきた社長の弟が工場長となっていた。専務と工場長は工場の事務所に机を持っていた。

青木は大学で法学部であったので総務部長、商学部だった後藤は経理部長で、二人の机は並んでいて、それぞれに部下が二人ほど付いていた。二人の席の後ろは金庫番の奥さんの席となっていた。

琢郎は業務部長で離れた席にぽつんと座るだけで、部長といっても部下がいるわけでもない。仕事は営林局に勤めていた関係で、林業を営んでいる役所や団体を主な相手とした顧客開拓で、毎日、出歩いていた。

三ヶ月経って、琢郎も落ち着いたようであったが、元々無口な上に時折考え込んでいるように見えることがあるので、周りは気を緩《ゆる》めるわけにはいかなかった。農業学校に農耕機具の試作品を納めるための契約で行っていたつい先日も、契約書に押す社印を持った青木と琢郎が、校長室の応接椅子に腰掛けて、校長の質問に答えていると、

「後ろに続け！　もたもたするな！」

琢郎は松海の声を聴いた。

だがそれは、校庭で体操時間にランニングする生徒に、気合いを入れている体育教師の声だった。

「続け、続け、後に続け！　遅れるな！」

それから琢郎の様子が変になった。校長の質問が琢郎の耳に届いていない様子に青木が気づき、窓ガラス越しに見える校庭と琢郎を交互に見やった。そして琢郎の脇腹を小突き、校庭の方を顎《あご》で示した。琢郎は我に返って校庭を見た。校長が不思議そうな顔をして二人を見ていた。

「いえ、軍事訓練を思い出しまして……」

青木が言い訳して、その場は収まった。しかし、琢郎の情緒不安定は収まらなかった。

会社に戻って青木は、学校での出来事を奥さんに報告した。

「やはり気が抜けまへん」

「そう」

奥さんはじっと考え事をしていたが、やがて、しばらく出てくるから、と言い残して出かけて行った。

その晩、三人は奥さんから呼び出された。

「あなた達、気晴らしに踊りを習わないかい。親しくしている日舞のお師匠さんに聞いてみたら、ぜひにって。良かったらご挨拶にこれから出かけようじゃないか」

「踊りなんてやったことがないけど、面白そうだな。行ってみようか」

青木が立ち上がった。

「そうだな。いいかもしれん」

後藤も立ち上がった。

実は、直前に青木と後藤は奥さんから、

「何か気の紛れることをした方が良いかもしれないので、踊りを習うように誘うから、あなた方、同調してちょうだいな。山本さんを連れて行きましょうよ」

と、言い含められていたのである。

そんな経緯があって、三人は日舞のお師匠さんのところへ火曜日と土曜日に通うことになった。初めは嫌々な様子の琢郎だったが、何事にも集中するたちだったので、稽古には熱心に通って行った。

母　洋子の手記――

再びの別れ

昭和二十一年二月

幽霊の帰還

年が明けて間もなくの頃でした。我が家の玄関に一人の復員兵が入ってきました。

「ようちゃん、帰ってきましたよ」

日焼けしたひげ面でやせこけていましたから、初めは誰だか判りませんでした。

「僕ですよ、僕。白戸です」

「えっ、白戸さん!?」

私はたぶん幽霊にでも出会ったような顔をしていたのでしょう。

「ああ、私の乗っていた船が撃沈したことですね。実は、フィリピンに行く予定が、私の小隊だけが急遽、台湾で降ろされたのです。飛行場整備のために」

「それは、それは……」

「これから東京へ帰ります」

白戸さんはそう言いながら重そうに背負っていたリュックを下ろすと、なかから袋を取り出して、上がり口に置きました。

「たいした物ではありませんが、向こうを出る時、配ってくれました。重いので、置いて行きます」

そう言い残してすぐに出て行ってしまいました。私は、しばらく呆然としておりました。弟が出てきて、

「何を置いていったの？」

と袋の口を開け、中を覗《のぞ》き込みました。

「わぁ、缶詰だ。それに……乾パン……」

私は慌てて玄関を飛び出しました。遠くにまだ白戸さんの後ろ姿が見えました。けれど、私はどうしても後を追いかけることができず、立ち止まってしまいました。弟が出てきました。

「こんなにもらっていいの？　もっとやさしい言葉を掛けてあげないと、寂しそうな背中をして帰って行くじゃないか」

弟からそう言われましたが、立ちすくんだままでした。

部下として　昭和二十一年七月

特攻から生きて帰る

昭和二十一年の春、私は市役所を辞めて華道、茶道、琴、手芸、洋裁、日舞など、お稽古事に集中するようになりました。週一回の華道と茶道の先生は、明治維新まで上田藩主をされた松平という方に執事として仕えたことのある家柄で育った方で、そのお宅は紺屋町の古風なお住まいでした。

ある日、松平の奥様とお子様がお越しになった時に、先生が「御前様」「若様」と言ってお話ししているのを聞いて、不思議な光景を見せてもらった気持ちになりました。

琴は海野町の琴光堂で火・木・土の週三回、通いました。お稽古の部屋はいつも満員で、おばあ様や若奥様、内弟子の方々のご指導で稽古をしておりました。二階では老主人が三味線の革を張っておられました。琴は姉が上手でしたが、私は、父が「足を折った馬が坂から転げ落ちるような音」と、たとえたくらい下手でした。

日舞は月・水・金と週三回の稽古でした。稽古場は弓道場の射場で、壁には名取りの札がずらりと並んでいました。私は名取りではなかったので、名札はありませんでした。稽古場の一面は戦時中に畑にしていた前庭に面していて、その向こうには的が並んでいました。

七月の初めのことです。日舞の稽古が終わって帰るためにお師匠さんのところへ挨拶に行くと、

「ちょっとお入んなさい」

と、呼ばれました。ふすまを開けて中に入ると、日頃は見かけない和服を着た三人の男性が、大きな座卓の前にかしこまって座っていました。

「あんた暇だろ。ちょっと、この人達の手伝いをしてくれないか。この人達は私の友達の会社で、戦時中にお世話になっていたから、恩返しに会社が軌道に乗るまで働いているん

だよ。今度会社でタイプライターを買ったんだけど、できる人がいなくてさ。あんたタイプ打てるからちょうどいいと思ってさ」

お師匠さんから三人の方に目を向けて、はっとしました。そのうちの一人が、昭和十九年の冬に松尾町と海野町の交差点で颯爽と歩いていたあの将校さんだったのです。気付いてからは上の空でした。

それからもお師匠さんは言葉を続けていましたが、ほとんど耳に入ってきませんでした。ただ、三人が特攻に出て行ったけど生きて帰れた、ということは判りました。お師匠さんの話が終わった時には、私はその会社に入社することになっていました。

あの将校さんは山本琢郎さんという方で、業務部長でした。私は山本さんの部下になり、部長席の前に机を置いて和文タイプライターを使うことになりました。英文のタイプはアルファベットを打つだけですが、和文タイプライターというのはひらがな、カタカナの他に漢字もあるので二千字を優に超える活字の中から使用する字を探して打ち出します。印刷の植字工と同じくらいの職人芸が要求されます。

仕事に就いた早々から会社案内や製品の取扱説明書などの原稿が山積みとなりました。

私は黙々とタイプを打って一日が過ぎますが、事業部長は朝から一日中、外回りなのか工場へ行っているのか、席にいない時の方が多いのです。でも、その方が落ち着いて仕事に取り組めます。目の前にいられると、どうしても将校さんだった時のイメージがまとわりついて、落ち着かない気持ちになるのです。

芽生え

昭和二十一年　秋

ジャズのレコード

仕事が終わると、相変わらずお稽古に通います。十一月の初めに日舞の発表会があるので、秋口から普段のお稽古以外の日にも通うことになりました。まさか踊りのお稽古場で山本さんと会うことになるとは思いもよりませんでした。確かに、三人と初めてお会いしたのはお師匠さんのところでした。でも、それは人を探しに来られたとばかり思っていましたので、お師匠さんから、あの頃は三人ともお稽古にいらしてたけど、この頃は山本さんだけがまじめに通って来られる、と聞いて納得したものです。

発表会が間近に迫ったある日、お稽古が終わった後、山本さんに声を掛けられました。

「寿司を食べに行きましょう。社長から、有賀さんに来てもらって本当に助かる、何か美味しいものでも食べさせてくれって、頼まれたから」

そう言って、松尾町のお寿司屋さんに連れて行ってくれました。暖簾《のれん》をくぐって店に入ると、店主が愛想よく迎えてくれました。

「よお、お久しぶり。今日は彼女と一緒かい」

「うん」

彼女という言葉がものすごく気になりました。それに、法被《はっぴ》姿の若い娘が山本さんに愛想よく会釈をし、私の方は品定めでもするように一瞥《いちべつ》すると、奥へ引っ込こんでしまったのが気になり、なんだか、気が重くなってきたのです。

「二階の奥、借りるよ」

そう言うと山本さんは、靴を脱いで二階に上がるので、黙って後をついて行きました。

奥の座敷に入って座卓の前に座るよう勧められました。

「ここは軍隊時代に将校のたまり場だったのです」

「はあ……」

山本さんは上司とはいえまだ若い方です。寿司屋の二階の座敷で、差し向かいに座るなんて、どうにも落ち着かない気分でした。お酒が出てきました。お猪口《ちょこ》にお酒をつがれましたが、お酌もできません。山本さんは気にとめる風でもなく、手酌で飲み始めました。私は、山本さんが、彼女と一緒か、と聞かれた時に肯定したのが、どうしても気になって仕方がありません。

しかも、こんな寿司屋の二階の座敷で、若い男女が二人きりでいる、というのが不謹慎なようで居心地が悪いのです。お寿司が運ばれてきましたが、手が出せません。そんな私の様子を察して山本さんは立ち上がり、

「具合がよくなさそうですね。帰りましょうか」

勘定を済ませて店を出ました。

「お店で食べるのに慣れていませんで、すみませんでした」

そう謝ると、山本さんは手を振り、そのままお店の前で別れました。

秋も深まる頃になってくると会社の業績も順調に上がり、社員も増えてきました。若い

男女の社員が五、六人となると結構賑やかになり、自分の殻に閉じこもりがちな私でも、社交ダンスのレッスンに誘われてチケットを買いました。チケットを机の上に置いて小用で席を離れ、また戻ると山本さんが帰ってきていました。

「ダンスを習っているようだね」

「はい」

「頼むから、そんなもの習わないでくれ」

小声でしたが、きっぱりと一言。そして席を立って事務所を出て行きました。国粋主義者か、あの人は、と一瞬思いましたが、ダンスを誘ってくれた娘に、

「ごめんなさい。日舞のお稽古が忙しくなるから無理なようなので、あなたに譲るわ」

と、チケットを押しつけるようにあげてしまいました。

社員が増えて賑やかになって工場の事務所にいることが多い専務が、よくこちらの事務所に顔を出すようになりました。出かけていて空いている山本部長の席に座って社員を呼び集め、冗談を言ったりにぎやかに振る舞ったり、時にはジャズのレコード盤を持ってきてジャズの知識をひけらかしたりするのです。

「一度聞いてみなさいよ」

そのレコードを私によこすのです。

「家に蓄音機がないから無理です」

と言うと、

「じゃあ、一緒にジャズ喫茶に聞きに行こう」

と、一度だけ付き合わされる羽目になりました。

蝶ネクタイ　昭和二十一年十二月

自分を生きる

昭和二十一年も師走に入り、別所温泉の旅館で会社の忘年会が開かれました。宴もたけなわになって、女性達がそれぞれに徳利をもってお酌して回り始めました。私は事務の娘に言われたので、上司である山本さんのところにお酌に行きました。山本さんは一人黙々と飲んでいましたが、私がお膳の前に座ると手にしていた盃を置き、私を見る目が据わっておりました。

「アンタは、軽薄な事にのめり込みすぎる。慎むようにしなさい」

大きな声で言うので、会場が一瞬、凍り付きました。そんな周りの様子にはかまわず、同じ事を繰り返し言い、体がふらふらして、そのうち座ったまま眠ってしまいました。隣に座っていた青木部長が、

「以前はもっと明るい飲み方をしていたんだがね……もっとも、最後は寝てしまうところは変わらんがね」

私は訳が判らず、ただ座ったままでした。間もなく宴は終わりましたが、座ったままでいました。座って考えていたのは、専務に連れて行かれたジャズ喫茶が気に入って、時折、気の置けない友達を連れて聴きに行っていたからです。

それを夜遊びでもしていると、誰かが告げ口したのでしょうか。青木部長と後藤部長が山本さんを両脇から支え、私は三人の部長さんの荷物を持って宴会場を後にしました。

年が明けて、松もとれ、正月気分から抜け出した頃のことです。専務が鼻歌交じりで事

務所に入ってきました。理由は判りませんが上機嫌でした。

今日は、山本部長が珍しく席にいたので、いつものように座るわけにはいかず、外したネクタイをぶらぶらさせながら、机の間をうろうろして軽口を叩いておりました。私の横に来ると足を止め、ネクタイを差し出しました。

「これ、有賀さんにあげるよ。買ったばかりだけど、派手でさ。絹だし、いいものだから縫《ぬ》い直してスカーフにでもしたら」

私の机の上にはらりと落とすと、そそくさと事務所から出て行きました。しばらくそのままにしていましたが、ふと、あることを思いついてバッグにしまいました。


翌日、いつものように専務が事務所に入ってきましたので、専務を呼び止め、

「昨日のネクタイを縫い直して蝶ネクタイにしてみましたの。お似合いだと思いますが、いかがですか」

夕べ、ネクタイをほどいて縫い直したものを手渡しました。専務は目を白黒させて見入っていましたが、よほど気に入ったのか、今締めているネクタイを外して蝶ネクタイに付け直しました。

「どうかな？」

周りの社員さんに見せて回るので、みんな褒《ほ》めるより仕方ありません。

「お似合いですわ、専務さん」

「素敵ですわ」

「いいじゃないですか」

「それにしても有賀さんはすごい。専務のセンスを、よく知っている」

別に、専務からもらったものを自分の身に着けるのが、なんとなく嫌で、体《てい》よくお返ししたかっただけに過ぎません。

お昼休み。他の社員さん達が外へ出かけて私一人のところへ、昼食から帰ってきた山本さんが私の席へやって来ました。

「これだけど、軍刀を入れていた袋ですが、縫い直せば何かになりますか」

そう言って丁寧に折りたたんだ金襴緞子《きんらんどんす》を手渡してくれました。私は広げて、生地の具合や縫い目などを丹念に調べました。

「ほとんど傷んでいませんので、なんとかなると思います。何日かお預かりしてもよろしいですか」

「もちろんです」

私は家に帰って、さっそく預かった生地を取り出しました。三盛亀甲《みつもりきっこう》が規則正しく配置された模様で、婚礼の時の帯を縫い直して刀袋にしたのでしょう。私は人形の着物にすることを思いつきました。以前作りかけてそのままにしてあった市松人形を押入から引っ張り出して、衣装作りに取りかかりました。

三日ほどで出来上がりましたので、会社で山本部長にお渡ししました。包んであった風呂敷を開いて、山本部長は大変驚いていました。その様子を見ていた社員さん達が部長席に集まってきて、口々に褒めたり、感心したりしていました。

「ねえ、こういうの私達にもできるの？」

若い女子社員が聞くので、

「もちろんよ」

と、答えると、他の女子社員達も口をそろえて教えて欲しいと、ねだってきました。

結局、社長の許可を得て週に一回、土曜日の午後に事務所がお裁縫教室になりました。

戦争中は平日と同じように土曜日も一日中お仕事をしておりましたが、戦争が終わって半ドンになる会社が多くなりました。うちの会社でもそうです。

ですから、土曜日の午後は終業していますので、人形作りに興味のある娘さん達が居残っているのです。そのうち気がついたのですが、お裁縫教室の時はいつも山本さんが部長席に座って、コツコツと仕事をしていました。たまに私達の方を見ていました。私達、と言うより私の振る舞いを見ているようでした。

縁談　昭和二十二年二月

私よりふさわしい女性

何週間か経った土曜日のことです。裁縫教室が終わって片付けをしていると、奥様に呼ばれました。母屋の方にいらっしゃい、と言うのです。片付けを終えて母屋に伺いますと、お座敷に上がっておいでと言われ、言われるままにお座敷に入りました。すると社長さんが奥からやって来て、入れ替わりに奥様が奥へ行ってしまいました。

「さっそくだけど、うちの専務のことだけどさ。相変わらず毎晩のように飲みに出ては遊んで帰ってさ。いい年なのだから、そろそろ身を固めてしっかりしてもらおうと思っているのだよ」

「はあ」

「それで、話っていうのはね、あんたが家に入ってくれると、息子もまじめになってくれると思うんだけど、どうかねえ」

一瞬、答えに詰まりました。確かに、社長が専務について愚痴をこぼすのを何度か聞いたことがありました。でも、私に白羽の矢を立てられるなんて思いもしませんでした。

「社長さん。私は大店の嫁に向いているとは思えませんし、無理です。私より聡明で、しっかりしている人は大勢いらっしゃいます。たとえば伸子さんなんか、いかがですか」

と、以前、女子挺身隊で勤めた会社で工場長秘書をやっていた方と同じ名前の社員さんをお薦めしました。

「すらっとして美しい上に、優しい気配りのできる方です。それに、東京の名門女学校の出身ですし、踊りの名取りですもの。空襲で家が焼け出されて今は疎開して、こちらで仮住まいされています」

「そうかね。気がつかなかったが……」

「何でしたら、私がお話しして参りましょうか。仲子さんにも事情があるでしょうから、ストレートにお話しした方が良いと思います」

「そうか。やってくれるか」

私は急いで社長さん宅を辞し、その足で仲子さんの住まいに行きました。仲子さんは裁縫教室から帰ったばかりで、踊りのお稽古に出かける用意をしているところでした。私は、単刀直入に仲子さんにお話ししました。

「そうねえ。私のうちの事情を考えると、それが良いかもしれませんねえ。専務さんも悪い人ではないし」

快諾を得たので、折り返し社長宅へ急ぎました。社長は私の手を取って喜んでいました。

生きるという使命

昭和二十二年三月〜五月

頑固だけど、真面目で誠実

琴光堂の店の奥に飾ってあった、豪華な雛段が仕舞われる頃でした。お琴の爪をはめようとして、親指の爪が腫《は》れているのに気がつきました。裁縫をした時に指先に針を刺して、その時はなんともなかったのですが、どうも化膿《かのう》してきたようです。翌日、会社であまりの痛さに、医者に行かせてもらいたいと山本部長に告げると、ついて行ってあげると言われ、一緒に病院に行きました。

「これはいかん。バイ菌が入ったな。壊疽《えそ》しかかっている」

見るなり、医師はそう言いました。部分麻酔をかけ、輪ゴムできつく血止めして爪をバリッと剝《は》ぎました。

「ヒッ！」

山本さんが悲鳴を上げました。私は、その時は麻酔が掛けられていたので痛くはありませんでした。包帯を巻いて、麻酔が切れてくると、包帯が赤く染まり、ズキンズキンと、痛みが襲ってきました。後で、踊りのお師匠さんから聞いたのですが、山本さんが、

「男の自分でも心臓が飛び出しそうだったのに、なんとも、一筋縄の娘じゃない」

と、感心していたそうです。

その後も、昼食で焼き魚を食べて蕁麻疹《じんましん》が出た時も、お医者さんに連れて行ってくれました。


五月になり、端午の節句の飾りはそのまま飾られていますが、走り梅雨なのでしょう、しっかりと雨が降っておりました。踊りのお師匠さんに呼ばれて部屋に参りますと、お座りなさいな、と言って座卓の前の座布団を勧めました。

「久しぶりに茶飲み話でもしようよ」

お師匠さんは何かと私を可愛がってくれます。前にも、私があまりにもお師匠さんにひいきにされるので、名取りの一人が、私を呼び出して、調子に乗るんじゃないよ、と言いましたが、そのことがお師匠さんの耳に入って、その名取りさんはお師匠さんからえらく叱責されたことがありました。

「どう、この頃は」

お茶を淹《い》れながら、私の顔を覗《のぞ》き込むのです。どうも、いつものお師匠さんと少し様子が違います。返事に窮していると、

「あんた、山本さんのことどう思う？」

「どうって……」

「いやね、ここのところ、山本さんはちょくちょくアンタのことばかり話すのよ。あんたのことが気になっているみたいよ」

私は頬が熱くなってきました。

「あんたのことが気になっているなら、あんたに直接言えばいいものを。でもね、あの人は知っての通り特攻の生き残りだろう。戦が終わった直後には死に場所を求めてさまよったっていうじゃないか。それに仲のよかった部下にも事故で死なれてさ。

自分一人が生き残っていていいのか、って悩んでいるみたいなのよ。もし、あんたが山本さんのことを悪く思ってないなら、言ってやりたいのよ。特攻で行ってしまわれた人達はむろん、戦死したり空襲に遭《あ》って亡くなったりさ、とにかく戦争で亡くなった人達の犠牲の上に成り立っていくのよ、これからの世の中は。これからは生きていかなくてはなら

ない時代なのよって。山本さんは私から見れば頑固なところがあるけど、真面目だし、誠実だし、あんたにぴったりだと思うのよ」

私はしばらく考えた末に、「はい」と返事をしました。

愛と義理

昭和二十二年六月

突然の訪問

その日は一番上の、復員して東京美術学校（現東京藝術大学）に戻った兄が家に帰ってきていました。大学で彫刻をやっている友人と二人で、学徒出陣で戦死した級友達の遺族を訪ねて回っているのだそうです。兄は出征したフィリピンの風景を描いた色紙を、友人は自分で彫った小さな仏像を担いで。

美校の校舎は焼けてなくなって、急遽建てたバラックしか利用できない上に、絵の具にも不自由するので大変苦労した、と兄は語ってくれました。そんな兄が出かけようとして玄関で山本さんと鉢合わせになりました。兄は山本さんの突然の訪問に、目をぱちくりさせていました。

「よう子さんのお父様にお目にかかりたいのです」

兄は私と父を玄関先から呼びました。私はなんとなく、山本さんが何の用事で来られたのか察しが付いたので、慌《あわ》てて茶の間を片付けて上がってもらいました。

「私の会社の山本さん」

そう父に紹介すると、父は読んでいた本を閉じて、どう対応してよいか、戸惑っているようでした。山本さんは正座すると、勧めた座布団を脇によけて父に向かって手をつきました。

「突然ですが、よう子さんと結婚したいのです。お願いに上がりました」

一瞬、間が空きました。柱時計の振り子の音だけが聞こえました。お盆にお茶を載せて母が入ってきました。

「よう子はどう。お前の気持ちが大事なのよ」

母は卓袱《ちゃぶ》台《だい》にお茶を置きながら、私に尋ねました。兄が隣の部屋で、息を殺している気配が感じられます。父が咳《せき》払いをして、一言添えるように口をききました。

「あなたのご両親は、このことをご存じなのですか」

「はい。私がいいのならそれで十分だ、と申しております。手紙で、ですが……」

父は母と顔を見合わせてうなずくと、私の考えを言うように促しました。

「はい」

私は大きく頷きました。

山本さんが帰った後、兄がのっそり現れて、しみじみ私を見ながら言いました。

「お前は慧眼《けいがん》だからな」

男として情けない

ところが、それから大変なことになりました。私の人生でも、あんな恐ろしいことになった経験はありません。

私の家に結婚の申し込みに来られた翌日、山本さんは、私と結婚することに決めたことを社長さんに報告したのです。ところが、それを聞いた奥様が、烈火の如《ごと》く怒り狂ったそうです。

私が事務所で仕事をしていると、奥さんがすさまじい勢いでやって来て、私を本宅に引

っ張っていきました。本宅に入るなり、

「えらいことをしておくれだね！　我が家への嫁入りは嫌で、彼ならいいって訳かい。何様のつもりだね。あんたの思い通りにはいかないよ。だいたい、家の格式が違うよ。彼の家柄は安城（愛知県）ってとこの素封家だよ。おじいさんは町長様だったのよ。お母さんは鹿児島の大きなお茶問屋のお嬢様で、お茶のお師匠様なのよ。田舎娘のあんたなんかに務まるわけがないのよ。第一、私がどれだけ彼のために尽くしてきたか、愛情を注いできたか、あんたは知らないだろう？　生命がけだったのよ。一睡もしないで見張りをしたことだって幾度あったことか。それで、今の彼があるんだよ」

「…………」

「だから、簡単にあんたなんかに渡せないんだよ。いずれ、親戚の娘と一緒になってもらって、うちの会社を支えてもらうんだ。悪いけど、あんたには会社を辞めてもらうしかないね」

目から怒りが燐光となって放たれてくるのを、初めて目の当たりにしました。ようやく解放された私は骸《むくろ》のような状態で事務所に戻りました。みんなが一斉に私を見て、すぐに目をそらしました。私はしばらくぼんやりとしていましたが、机の片付けに取りかかりました。

　その夜、山本さんが家に来て、私を呼び出しました。上田城跡公園にたどり着き、石段に腰掛けると、山本さんが重い口を開きました。

「奥さんが刃物を持ちだしてきて、どうしてもあの娘と一緒になるなら、私は死ぬと言うのです。頼むから別れてくれと大泣きされて……」

「…………」

「まあ、自分が今日あるのも、あの奥さんのおかげなのは確かです。奥さんには大恩があるので、口惜しいけど諦めるしかない。義理に縛られてよう子ちゃんに辛い思いさせるのが悲しい……」

　肩をふるわせ、嗚咽し始めました。

「男として情けない」

　そう言って握り拳で何度も自分の膝を叩くのです。私も泣きました。二人の泣き声が夜の公園に響き渡っていました。

「山本さん、落ち着いて下さい」

私もしゃくり上げながら、山本さんの膝に手を置きました。

「お願いです。もう泣かないでください。あなたは誠実な方だということは十分知っていますから、一生の思い出として大切に仕舞っておけます。大丈夫、私は大丈夫ですから」

ようやく公園を出ると、山本さんは、これから両親にご挨拶を、と言いますので、

「辛いでしょうから、もう結構です。私から話しておきます」

山本さんと別れて、歩く道すがら考えました。自分でも不思議なくらいしっかりしていたこと。それに比べて、普段から無口で冷静な山本さんが、子供のように感情をむき出しにするのも不思議でした。

私は踊りのお師匠さんのお宅を訪れました。

「本当に、なんてことなの。人の恋路を邪魔するヤツは馬に蹴《け》られて死んでしまえ、だよ。全く。長年の友達だったけど、今日を限りで絶交だよ」

私の話を聞いて、お師匠さんは怒り狂っていました。

第二の人生　昭和二十二年七月

一切を口にせず

悲しい別れがあって二週間ほど経って、突然、山本さんが私の家にやって来ました。

「私は会社を辞めることにしました」

開口一番、そう言うのです。イヤミの一つでも言おうとしていた父の開いた口がふさがりませんでした。

「みなさんには大変ご迷惑を掛けてしまいましたが、私の父からの手紙で決心がつきました」

背広の内ポケットから封筒を取り出して父に渡しました。

父は、おそるおそる封書を取り出し、読み上げました。

『拝啓、お前の話はよく解《わか》った。だが、義理のしがらみで自分の一生を左右されてよろしいか。これまでの時代は、自分の未来を選択する余地はなかったが、これからは自分の意恩で決められる世の中になったのではないか。その人には大きな恩があるだろうが、お前の人生の選択に勝《まさ》るものだろうか。第一、他人の財に頼る生き方自体、間違いではないのか。生涯悔いが残る生き方はしないで欲しい』

母が嗚咽《おえつ》を漏らし、私を抱き寄せました。私も彼の顔を見ながら、はらはらと涙を流してしまいました。

「あなたはそれでよろしいのですか」

おもむろに口を開きました。

「はい。今の仕事に片を付けたら、よう子さんと第二の人生を始めます」

七月いっぱいで会社を辞めた山本さんは、入営前に勤めていた営林局に戻ることになり、北海道の静内《しずない》に赴任していきました。翌年三月に踊りのお師匠さんのお世話で結婚式を挙げ、父母と別れて静内で新婚生活を始めました。私が上田の地を去る時、見送りに来た両親はとても寂しそうでした。後で弟から聞いた話では、母が、あのまま山本さんのお父様が手紙をよこさなければ良かったかもしれない、などと勝手なことを申していたそうです。

秋山の奥様とのことがあって八年ほど経った時に、その頃は名古屋に転勤して来ておりましたが、秋山社長が訪ねていらっしゃいました。奥様が重い病に臥せり、ぜひ会いたがっているというので、二人の幼い子供を連れて駆けつけました。奥様は床に臥せっておられましたが、やつれ果てた身を起こし、私の手を取って、
「若い二人に辛い思いをさせて済まなかったねえ。どうしても謝りたくって……」
と涙ながらにおっしゃるのでした。

まことに誠実に生きた夫・山本琢郎でしたが、戦争中のことは一切口にしませんでした。孫の通う学校で「戦争中の話を、おじいさんやおばあさんがいる人は聞いてくるように」という宿題が出たことがあったのですが、孫から聞かれた時も、自分は戦争に行っていないから知らない、と答えていました。そんなでしたから、私は戦争中の彼の話は義母から聞くしかありませんでした。

義母と言えば、長男がサイパンで戦死しましたので、手元に遺骨がありません。ですから、近くに護国神社があると、決まってお参りするのです。それは私も山本も同じで、転勤して新しい住まいの近くに護国神社があると必ずお参りしておりました。

あとがき

山本一清。

俺は戦争に行ってない

父の遺品と共に、母が闘病中の父の看病をする傍らに書いた手記を渡してくれていた。受け取った頃は、仕事も忙しくじっくり読むことができずにいた。

その母の手記を読んでみようと思い立ったのは、コロナ禍でこもりがちな生活を強いられていた頃で、転勤族の子だった私が、昔住んでいたところをグーグルマップのストリートビューで歩き回る遊びをやっているうちに、どこに住んでいたかひょっとしたら母の手記に書いてあるのではないかと思ったからである。

読み始めたが、旧仮名遣いの癖のある文体でそのままでは読みにくいので、パソコンに入力していく作業に切り替えた。手記は、将校姿の父と出会った経緯から書き始められていて、父はたぶん上田に行ったようだが、経歴にある仙台とのつながりが判らない。手がかりは『特操一期生会』であった。特操をネットで調べたら、すぐに判った。陸軍が操縦士を速成するために設けた特別操縦見習士官の制度で、仙台陸軍飛行学校と結びついた。父はどうやらその一期生であったようだ。

一方、母の手記のパソコンへの書き起こし作業を進めていた私は、果たして母の記述は正確なのかを確かめる必要があった。そもそも上田に飛行場があったのか。それは確かにあった。上田市の戦争遺跡を調査している大学のゼミがあって、調査した報告をホームページにあげていた。長野大学の山浦和彦先生のゼミである。

このゼミでは、戦時中の生活を上田市民に聞き取り調査もしているとのことで、先生に「母が戦時中のことを手記に残していて、そのパソコンへの書き起こし作業をしているが、お役に立ちそうですか」とメールで問い合わせをすると、ぜひにという回答であった。

母の記述の正確さをネットで確認しながら、戦時中の上田市の様子を把握する作業も進めた。たとえば母が慰問に行った部隊は、嬬恋《つまごい》のキャベツ畑に門の跡がある基地の中に存在していた。

母の記録の書き起こしを進めていくうちに、母が祖母から聞いた話として九州の基地に特攻隊として出陣していたが、終戦の直前に部下が墜落事故で亡くなり、父は終戦直後、自決しようとして山中をさまよい歩いているところを見つけられ、それ以降見張りがついていた、という記述があった。九州なら知覧かと思ったが、自分はいかに特攻について知らないかを思い知らされた。

また、父がいかに戦争について口を閉ざしていたかという部分で、ジャーナリストらしい人から「九州の基地近くのお寺に残っている芳名録で本籍地を知って連絡してきた」という電話がかかってきたが、「俺は戦争に行ってないから何も知らん」と言って、一切取り合わなかった、という記述もあった。九州の基地、その近くのお寺、というのが気になって、ネットで調べた。「特攻」と「父の名前」で検索し、ようやく父の名前のあるホームページにたどり着いたのである。『納豆人生、まっしぐら』というサイトである。

それは、管理者が佐賀県の目達原基地を訪問したという内容であった。目達原基地が戦争中陸軍の飛行場であった時に、出撃地である南鹿児島の万世飛行場へ行く前に、待機していた特攻隊員を預かっていた九品山西往寺を訪れて、その寺に寄宿していた特攻隊員について書かれていた。その最後に、

『陸軍特別攻撃隊　振武隊　天翔隊

山本琢郎隊長以下六名
滞在期間：昭和二十年七月　出撃できず終戦
※うち一名は八月十三日に飛行訓練中事故により戦死』
とあった。母の手記通りである。

真室川音頭を歌う

さっそく西往寺さんのホームページを開き、訪問したい旨のメールをした。住職は快く受け入れてくれ、訪ねてみると父が書き残した色紙や転居先から送ってきた手紙などがあった。その手紙の中に「渋谷健一大尉」の名前が出てきた。渋谷大尉の名前は、特操や万世飛行場についての文献を調べていた中で「仙台陸軍飛行学校野村隊第一区隊長」であったという記述があったので、父は仙台で渋谷健一大尉の下で訓練を受けたのであろうと推測した。

母の手記にあった、電話をよこしたジャーナリストらしい人が言う芳名録というのも見せてもらった。確かに本籍地と親の住まいが書かれており、ここでは奈良県生駒郡富雄村になっていた。経歴は、

昭和十八年十月　　仙台飛行学校入校
昭和十九年三月　　熊谷陸軍飛行学校附
昭和二十年一月　　第三練習飛行隊附
となっていた。
また、住職のお話で、事故で亡くなったのは松海という人であることが判った。
ここまでで、マフラーの寄せ書きにある隊員五人も、仙台陸軍飛行学校の同期で上田にも一緒に来て昭和二十年七月に上田から目達原に来たのであろう、との推測を立てた。これは大きな間違いであることが後に判るのだが……。
熊谷陸軍飛行学校というのが気になり、これもネットで調べると、本校の他に二十七もの分教場として指定された飛行場があり、この中に上田飛行場もあった。だから、上田飛行場に行ったであろうという推測は間違いではないことが確認できた。
もう一つ、気になる分教場があった。真室川飛行場である。
実は私が子供の頃に、父は酒を飲んで酔いつぶれそうになると、しきりに、真室川音頭を歌っていたのを思い出した。だから、仙台校を半年で終えた後、真室川飛行場でも教育を受けたのではないかとも考えた。

母の手記の戦時中の部分の書き起こしが完成したので、それを山浦先生に送り、十月末に上京する用事があるので上田を訪問することにした。

上田では山浦先生の調査に協力している地元の方お二人も大学で迎えてくれた。村山隆氏と手塚正道氏である。

お二人から終戦直後に奥さんと生まれたばかりの子供と共に自決した特攻隊員教育隊の助教の話を聞いた。特攻隊員の訓練はどのように教授されたかも考えなければならない課題だと思い、この准尉をモデルに、訓練させる立場を研究対象として文献を漁った。

とりあえず、これまでに判った内容であらすじをまとめてみた。

・父は特操一期生として仙台陸軍飛行学校に入校
・渋谷健一大尉の第一区隊に所属
・マフラーに記載の五人は同期で、行動を共にする
・半年で仙台校を卒業、真室川飛行場で訓練を受ける
・昭和十九年の冬に上田飛行場に配属になる
・昭和二十年七月に目達原基地に転属となって特攻隊の編制を待つ

・昭和二十年八月十三日、松海事故死
・終戦、除隊、上田に戻る

『振武隊編成表』を発見

特攻隊はどの様に編制され、どのように訓練を受けるのかについていろいろ調べているうちに『振武隊編成表』というサイトに巡り合った。

司偵振武隊に始まり第一八振武隊から第一八四振武隊まで連続番号が続き、それ以降は二〇〇番台、三〇〇番台そして、四三一、四三二、四三三で終わっている。特攻隊を管理する参謀が持っていた資料から写したものであるという註記がしてあった。

目達原基地の石碑に、第二七三振武隊は『目達原から発進した特攻隊』という記述があった。サイトで二七三振武隊について見てみた。使用機種が直協、編制担任が三練飛。官、氏名、期別の表が出てきた。二七四振武隊について確認し、続いて閲覧した二七五振武隊の隊員名を見て驚いた。

マフラーの寄せ書きと同じ、父と五名の名前があるではないか。原所属部隊が三練飛とある。これが西往寺の芳名録にあった『第三練習隊』なのか。このサイトの管理者に聞いてみることにした。折り返し返事が来た。

「『陸軍航空の鎮魂　総集編』によると、第3練習飛行隊（3練飛）は、昭和20年3月31日、仙台で編成。通称号は昭第18997部隊。98直協（98式直接協同偵察機）を装備。同年4月より273〜298振武隊、計26隊を編成。うち275振武隊、276振武隊は目達原へ移動。とある。

父上は特操1期とのことで、特操1期生史も見てみたが、特に関係する記述は見当たらない。」

という内容であった。

有り難い情報だ。だが、第三練習飛行隊が仙台で編制された部隊という記述は父の残した記録と一致しないし、上田にいたという私の推測にも矛盾が生じる。さっそくこのメールにある『陸軍航空の鎮魂　総集編』と『特操一期生史』の古本をオンラインサイトで検索、手に入れた。『陸軍航空の鎮魂　総集編』は本編・続編と合わせて三冊組であった。

原所属部隊の経緯についてはメールにあるとおりだが、『特操一期生史』に父のいた第

二七五振武隊とともに目達原へ行った第二七六振武隊の隊員だった人の手記が載っていた。手記の中に父達六人の名前も出てきて、

『昭和二十年一月にマレー方面に派遣する予定の第三練習隊付けになったが、命令があるまで現在所属の隊で待機せよとの命令が出た。その後手配がつかないので三月に仙台に集められ、八戸で特攻訓練をし、真室川で正式に振武特攻隊として出撃命令が出た』

と、詳しい経緯が書かれていたのである。さらに文中に、第二七五振武隊の大石という方が特操一期生会会報第一号に書かれている、とあって、これも取り寄せた。ここには二十九年後に真室川飛行場の跡を訪ねた報告と、当時の思い出が書かれていた。

私の父と同乗すると事故をよく起こし、真室川ではプロペラが止まって河原に不時着したなどのエピソードが書かれていた。また彼の手記には彼は妻帯者で、赴任する先に妻を同行し、真室川を発つ時の見送りの中に妻の姿を見た、とも書いている。

妻帯者が訓練先の飛行場に赴任する時に妻を同行することもあった、ということも判った。上田の飛行場で特攻隊を見送る時に、片隅で特攻隊員が連れてきた妻の泣く声が聞こえた、という話が残っていたことを上田の村山さんから聞いていたが、なるほどと、理解した。

故郷に帰ると迷惑がかかる

『陸軍航空の鎮魂』（本編）には仙台本校に進んだ特操一期生の手記があって、当時入校した特操生についての詳しい記述があった。その前に読んだ他の文献に、

『仙台校は大学のクラブ活動でグライダーや飛行機の操縦経験のある学生で占められていた』

とあったが、より具体的に区隊分けや担当将校の名前まで記述してあった。ちなみに仙台陸軍飛行学校の第一区隊長の渋谷健一はこの時少尉であったことも判った。他の文献では目達原に待機していた時に大尉に昇進した、とあった。

いろいろなことが判って、整理すると、第三練習飛行隊配属までの動きは以下の通りである。

・父と松海：仙台陸軍飛行学校↓熊谷陸軍飛行学校↓第三練習隊
・大石：熊谷矢吹校↓朝鮮宣徳↓宇都宮壬生↓第三練習隊
・安倍：宇都宮一教↓浜松↓宇都宮壬生↓第三練習隊
・青木と後藤：宇都宮金丸原校↓フィリピン↓宇都宮↓熊谷陸軍飛行学校↓第三練習隊

青木氏と後藤氏が二人で同じ配属地へ移動しているので、父と松海氏も二人で同じ配属地へ動いていたものと推測した。

ひょっとしたら、青木氏も後藤氏も上田で一緒だったかもしれない。

終戦時の特攻隊員達の動きについては、安倍氏の手記がネットに上がっているのを見つけた。

軍から、故郷に帰ると占領軍が調べに来て迷惑をかけるから、と釘を刺された話が書かれてあって、なるほど、父はそれで上田に行ったのかもしれないと理解したのである。

母の、自決するおそれがあって父には監視がついていた、という手記の内容と照らし合わせると、汽車への乗車を岐阜で諦めて郡上八幡へ行った安倍氏（同氏手記による）と、妻帯者の大石氏を除く三人で上田へ行ったのではと推測してみた。

安倍氏の手記をネットで発見したのとほぼ同時に、大石氏のご子息が百歳になるご母堂と、今は亡き父親の戦時中の思い出、といった内容の寄稿文を、老人施設のホームページの敬老の日特集に載せているのを見つけた。

さっそくその老人ホーム宛にメールを送った。寄稿者のお父上と私の父が特攻隊で一緒だったと思うので取り次いで欲しい、という内容であった。

山浦教授から母の手記を掲載した小冊子が送られてきた。お礼のメールを出した後、西往寺にも、父が真室川で編制されて目達原へ発ったことなどを報告するメールを送った。小冊子が届いた翌々日、老人ホームから取り次いだとの、電話を頂いた。お互い持っている情報を交換した。何でも第二七五振武隊の寄せ書きが知覧特攻記念館に展示されていたのを息子さんが見つけたとのこと。私の持っている父の写真やマフラー、西往寺で撮った写真などを送る約束をした。

父が初恋の相手だった!?

翌日、西往寺から電話があり、

「あなたのお父上の隊が真室川で編制されたと聞いて、思い出したことがあった。ご高齢の女性から送られてきたものがあなたのお父上に関係するものだった。その女性宛に真室川当時のあなたの父上から来た手紙と、その人が父上に会った時に無理矢理描かせた絵だった。その女性が、もう年なので万一の時に残して粗末に扱われるのも忍びないので、保管して欲しいと、送ってきたものだ。だからそちらに転送した。そのことを思い出して、今朝、その女性に電話を掛けたら九十二歳だが息災で、あなたからの電話を喜んで受ける、と言っていた」

という内容であった。転送されてきた資料は、その人が滞在していた鶴岡近郊の亀やホテル気付の、

『一緒に海岸で遊んで楽しかった』

という内容の父からのはがきと、女学校名が印刷された原稿用紙に、父や青木氏、大石氏の三人にどういうわけか吉田一飛曹という海軍の下士官の合わせて四人が絵や短歌を書いたもので、中原淳一の描いたかわいらしい少女の絵が貼られた表紙がついていた。なぜ海軍の下士官がいたのかは疑問であったが、いまの山形空港が戦時中は海軍の飛行場であったことから、吉田が赴任する際にそのホテルに泊まったのであろうと考えた。

前出の大石氏のご子息から送られてきた特操一期生の名簿の写しでは、父は死亡していることになっており、かつ、所属していたのは仙台陸軍飛行学校本校ではなく千葉県にある横芝校ということになっていた。それで、特操一期生会会報で横芝出身の人の投稿を探して読み漁った結果、渋谷第一区隊は横芝にあったことが判った。当時は錬成度を高めるために、操縦未経験者を本校から外したものと思われた。

また送られてきた資料の中にあった写真のコピーが、母が保管していた父の軍隊時代の

写真の中の一枚と同じであった。民家の庭先で婦人会の人達と一緒に将校服姿で十二、三人が写っている写真であったが、コピーには真室川時代に宿舎にしていた新庄ホテルのメンバーである旨と、それぞれに名前が書き添えられてあった。

同じ第三練習飛行隊から編制された二十六隊のうち、第二八三振武隊の隊員だった人の日記を掲載した『特攻隊になった祖父の遺した日記』というホームページがあって、それには第三練習飛行隊結成以降の壬生から真室川までの経緯が詳しく記述されており、特攻訓練の詳細や地元での壮行会の様子なども含め、この間の正確な流れについて大変参考にさせていただいた。

こうして二行の行間はほぼ完全に開かれたのである。ただ横芝校を出てから上田へ行くまでの間、どこで訓練したのかは不明のままだが、全体の流れに大きく影響することではない、と考えて、適当な場所で訓練したことにした。

最後に、西往寺から紹介を頂いた女性にお電話をしたら、上品で明るくお元気な声でいろいろ教えていただいた。この方のお話は、ただ一人当時の父を知る方の生きた情報として強く私の印象に残ったのである。

「当時、青山の大きな屋敷から亀やホテルに疎開してきていたの。あなたのお父様は素敵な軍人さんで、お目にかかってたちまちあこがれの的になってしまったのよ。あなたのお父様のことしか覚えてないの。十三歳ぐらいだったけれど、あれが私の初恋だったかもしれない」

参考にした文献

・陸軍特別操縦見習士官
『学鷲〈報道写真集〉―陸軍特別操縦見習士官』朝日新聞社
高田英夫『陸軍特別操縦見習士官よもやま物語』光人社
岩井清道『南十字星を憶う　特別操縦見習士官一期生の回顧』近代文藝社
・陸軍特別攻撃隊
押尾一彦『特別攻撃隊の記録〈陸軍編〉』光人社
毛利恒之『ユキは十七歳　特攻で死んだ』ポプラ社
田形竹尾『日本への遺書　生き残り特攻隊員が綴る慟哭の書』日新報道
『魂魄の記録　旧陸軍特別攻撃隊知覧基地』知覧特攻平和会館
『只一筋に征く　陸軍特別攻撃隊の真実』ザメディアアジョン
生田惇『陸軍航空特別攻撃隊史』ビジネス社
高木俊朗『陸軍特別攻撃隊』文春文庫
島田昌往著　村瀬一志編『雲の果て遥か　特攻出撃・そして生還』Kindle本

・陸軍特別操縦見習士官・陸軍特別攻撃隊
苗村七郎『陸軍最後の特攻基地・万世　至純の心を後世に』ザメディアアジョン
大貫健一郎　渡辺考『特攻隊振武寮　証言・帰還兵は地獄を見た』講談社

『特操一期生史』特操一期生会
『特操一期生会会報一号～六号』特操一期生会
『陸軍航空の鎮魂　本編・続編・総集編』航空碑奉賛会

・その他
防衛庁防衛研究所戦史室『本土防空作戦』朝雲新聞社
防衛庁防衛研究所戦史部『沖縄・台湾・硫黄島方面　陸軍航空作戦』朝雲新聞社
田中徳祐『我ら降伏せず　サイパン玉砕戦の狂気と真実』復刊ドットコム
増田弘『大日本帝国の崩壊と引揚・復員』慶應義塾大学出版会
『婦人倶樂部　昭和十七年十一月号』
中村不二江　宿野部悟『ぽっくりさんのお守り　父宮前由己を偲んで』Renaissland
鈴木義昭『蕗谷虹児　乙女たちが愛した抒情画家』新評論
内田静枝編『中原淳一　少女雑誌『ひまわり』の時代』河出書房新社

参考にしたウェブサイト

上田市マルチメディア情報センター「上田飛行場と昭和初期の上田の街」YouTube
上田市行政チャンネル「上田市政企画番組『上田市内の戦争遺跡 2013』」YouTube
「太平洋戦争戦跡調査フィールドワーク第2弾」公立大学法人長野大学

「元陸軍熊谷飛行学校上田分教場」インターネット航空雑誌ヒコーキ雲
t-shimoya「孀恋村の自然と風土みてある記」
ちくわ会長「遊佐准尉を訪ね、戦争を考える」note
「陸上自衛隊目達原駐屯地　特攻隊員安らぎの場・西往寺」納豆人生、まっしぐら
浄土宗西往寺「九品山　西往寺」
「目達原」https://www.asahi-net.or.jp/~un3k-mn/riku-metabaru.htm
「振武隊編成表」陸軍飛行第２４４戦隊　調布の空の勇士たち
「横芝陸軍飛行場跡地」ＳＳブログ　空港探索・２
「大和航空基地跡地」ＳＳブログ　空港探索・２
「真室川飛行場跡地」ＳＳブログ　空港探索・２
こたにあきら「真室川飛行場跡地～戦争遺跡～」YouTube
Tomohiro Asano「特攻隊になった祖父の遺した日記」
その他　Wikipedia

装幀　石川直美（カメガイ デザイン オフィス）
DTP　美創
協力　井手晃子
P4〜7、P10〜13、P47、P94、P167 写真提供　朝日新聞社
P8〜9 写真提供　陸軍省
JASRAC 出 2303531-301

〈著者プロフィール〉
山本一清。（やまもと・いっせい）
1949年、北海道静内郡静内町（現・日高郡新ひだか町）生まれ。
71年、東海大学工学部原子力工学科卒。
同年兵庫県のプラント会社に入社、設計部に勤務。
同社勤務中に大阪工業技術専門学校Ⅱ部建築学科に通学。
86年、一級建築士免許取得。以後、建築士事務所を経営、現在に至る。

生きのこる
陸軍特攻飛行隊のリアル

2023年6月20日　第1刷発行

著　者　山本一清。
発行人　見城 徹
編集人　福島広司
編集者　鈴木恵美

GENTOSHA

発行所　株式会社 幻冬舎
〒151-0051　東京都渋谷区千駄ヶ谷4-9-7
電話　03(5411)6211(編集)
03(5411)6222(営業)
公式HP：https://www.gentosha.co.jp/
印刷・製本所　中央精版印刷株式会社

検印廃止

ISBN978-4-344-04125-7　C0095

この本に関するご意見・ご感想は、
下記アンケートフォームからお寄せください。
https://www.gentosha.co.jp/e/